O NASCER DO SOL
A história do jovem que mudou o mundo

Fábio Graciano

O NASCER DO SOL
A história do jovem que mudou o mundo

COLEÇÃO NOVOS TALENTOS DA LITERATURA BRASILEIRA

novo século®

São Paulo 2013

Copyright © 2013 by Fábio Graciano

COORDENADORA EDITORIAL Letícia Teófilo
DIAGRAMAÇÃO Luiz Fernando Chicaroni
CAPA Monalisa Morato
PREPARAÇÃO DE TEXTO Denise Morgado
REVISÃO DE TEXTO Fabrícia Romaniv

Texto de acordo com as normas do Novo Acordo Ortográfico da
Língua Portuguesa (Decreto Legislativo no 54, de 1995)

Dados Internacionais de Catalogação na Publicação (CIP)
(Câmara Brasileira do Livro, SP, Brasil)

Graciano, Fábio
O nascer do sol : a história do jovem que mudou
o mundo / Fábio Graciano. -- 1. ed. --Barueri, SP : Novo Século
Editora, 2013. -- (Coleção novos talentos da literatura)
1. Ficção brasileira I. Título. II. Série.

13-02607   CDD-869.93

Índices para catálogo sistemático:
1. Ficção : Literatura brasileira 869.93

2013
IMPRESSO NO BRASIL
PRINTED IN BRAZIL
DIREITOS CEDIDOS PARA ESTA EDIÇÃO À
NOVO SÉCULO EDITORA LTDA.
CEA - Centro Empresarial Araguaia II
Alameda Araguaia, 2190 - 11o andar
Bloco A - Conjunto 1111
CEP 06455-000 - Alphaville Industrial - SP
Tel. (11) 3699-7107 - Fax (11) 3699-7323
www.novoseculo.com.br
atendimento@novoseculo.com.br

DEDICATÓRIA

Aos meus pais, João Graciano Neto e Cléia Martins Graciano, com amor e gratidão.
A minha irmã, Fernanda Martins Graciano, de todo o coração.
Aos queridos amigos que me incentivaram.
Agradeço a todos vocês.
E a Isabela Christiny Costa, a luz que ilumina minha vida e torna mais felizes os meus dias e toda sua família.

PRÓLOGO

Existem momentos que mudam todo o destino de uma pessoa. Há momentos ainda maiores que alteram o destino de uma família. E outros tão grandiosos, que podem mudar a vida de milhões. Quando o destino conecta os personagens certos, que, juntos, transformam o mundo num lugar melhor para se viver.

LONDRES, 18 DE MARÇO DE 1996

— Filhos, venham, preciso de um minuto com vocês. Beatrice, você também querida, é importante.

— O que é tão importante que não pode aguardar o jantar Franklin?

Após todos se sentarem no sofá, ele então tomou a palavra e disse:

— Serei o Cônsul na embaixada britânica em Lilongwe, no Malauí. Partirei no fim de Setembro e iniciarei minhas funções em Outubro. Ou seja, partirei dentro de seis meses.

— Franklin, como planeja fazer isso querido? Não podemos ir com você agora.

— Eu sei Beatrice, vocês devem permanecer em Londres. Benjamin está prestes a entrar na Universidade, Steven está bem, e você querida, deve permanecer com eles, pelo menos neste início. Estarei sempre com vocês, somos uma família.

— Por que você aceitou ir para tão longe pai? — questionou o filho mais velho, Benjamin.

— É sempre uma honra representar nosso país, onde quer que seja meu filho, mas não é só isso. Há algo dentro de mim que me diz: vá. Apenas acredito que possa ter algo bom me esperando por lá. Se não me adaptar, voltarei, de toda forma estaremos sempre juntos.

LILONGWE – MALAUÍ

— Não sei se conseguirei levar esta gravidez adiante Johnson. Como cuidaremos da nossa criança nestas condições?

— Não diga isso Emma. Prometo que daremos um jeito. Tem sido tempos difíceis, mas acredito que podemos conseguir, é nosso filho Emma, nosso filho.

— Mal nos alimentamos, como cuidaremos da criança? Precisamos de um teto sob nossas cabeças.

Vendo o medo, a ansiedade e a tristeza nos olhos de sua esposa, Johnson segurou suas mãos, olhou bem em seus olhos e disse-lhe calmamente:

— Acredite. Do fundo do seu coração, acredite. Farei o possível e o impossível para manter vocês bem. Querida, você é meu presente precioso, e nossa criança é a semente disso tudo que vivemos. Quando houveram os assassinatos que quase dizimaram nossa vila, pensei que te perderia, mas agora estamos juntos, o pior já passou.

— Eu acredito em você querido. Por isso eu te amo, por ser tão forte por mim, sempre.

Bastante emocionados, os dois se abraçaram e assim se passou mais um dia repleto de desafios para aquele jovem casal malauiano.

Seis meses depois...
— Meus filhos, Benjamin e Steven. Enfim chegou a hora de partir. Fiquem bem, não se esqueçam daquilo que lhes ensinei e cuidem da mãe de vocês. Volto para o Natal, passaremos o fim de ano juntos.

Os filhos então o abraçaram e disseram:

— Boa viagem pai, sentiremos sua falta.

Franklin também abraçou e beijou sua esposa, disse que sentiria saudades e ligaria para eles todos os dias. Ele então se despediu dizendo:

— O início pode ser um pouco difícil para todos nós, mas não se esqueçam, somos e sempre seremos uma família.

Alguns dias depois...
— Johnson, querido, me ajude com as panelas, ele está chorando de novo.

— Fique tranquila, esqueceu que sou praticamente um chieff?

Emma riu e foi ver se estava tudo bem com a criança. Após atender seu filho recém-nascido, ela retornou para cuidar de suas tarefas domésticas. Johnson, feliz pela boa pescaria no dia anterior, olhou sorridente para sua esposa e disse:

— Querida, o que acha de comermos carne de boi hoje? Estamos há meses comendo apenas os peixes que pesco. Tenho muitos hoje, posso trocar uma quantidade deles por carne bovina.

— Não se preocupe Johnson, você já sacrificou tudo que ganhou nesses últimos meses para erguer este nosso barracão, já considero um milagre termos este lugar para viver.

Teimoso e com fome, Johnson não ouviu sua esposa e partiu para o mercado de Lilongwe para trocar uma quantidade de seus peixes por carne vermelha.

Emma, com seu filho nos braços, então brincou dizendo:
— Espero que você não puxe seu pai meu filho, caso contrário terei muito trabalho.

"Preciso cuidar da minha família" – pensava Johnson enquanto caminhava rumo ao Mercado de Lilongwe. Como sempre distraído, ele sonhava com dias melhores onde pudesse proporcionar educação ao filho e cuidar de sua esposa.

Quem acreditaria que uma simples ida ao Mercado poderia mudar a vida de alguém?

Porque valores como a amizade, o amor ao próximo e a família jamais podem ser esquecidos... E assim começa a História do Jovem que Mudou o Mundo!

Capítulo 1 – Vivendo no Malauí

Manhã de sol, nasce um belo dia no Malauí. Esse pequeno país, localizado no sul da África, foi protetorado britânico dentro da Federação da Rodésia e Niassalândia até 6 de julho de 1964. Nesse ano, após a dissolução da Federação da Rodésia, Niassalândia, principal promotora da separação, transformou-se em um Estado independente e passou a denominar-se Malauí.

O lugar é considerado um dos países mais pobres do mundo, de acordo com o Fundo Monetário Internacional (FMI), e os habitantes do Malauí vivem principalmente da agricultura e da pesca. Em outubro de 1996, o Sr. Johnson Gregório, cidadão malauiano, não vivia uma vida diferente. Aos 28 anos de idade, considerado jovem em qualquer lugar do mundo, ele já sentia dificuldades para o trabalho, pois sofria com doenças que atacavam a África, e sua expectativa de vida, assim como a dos outros habitantes, não ultrapassava os 36 anos.

Apesar de todas as dificuldades, o Sr. Johnson Gregório iniciava o trabalho todas as manhãs a fim de proporcionar o mínimo sustento à família, composta da esposa, Emma Gregório, de 24 anos, e do filho recém-nascido do casal. Com a renda produzida pelo trabalho, era possível fazer duas refeições ao dia, portanto os momentos do almoço e do jantar eram muito festejados e especiais para eles, embora fosse tudo muito simples.

Mesmo sendo um belo país, que se estende ao longo de um formoso lago, o lago Nyasa (chamado também Malauí), o qual, além de dar nome ao país, lhe proporciona grandes recursos, tanto em água quanto em fauna e beleza, os habitantes não usufruíam de suas riquezas.

Os idiomas oficiais dos malauianos são o chichewa e o inglês. Também se fala chilemwe, chiyao e chitumbuka. Sr. Gregório comunicava-se tanto nos dialetos locais como em inglês, graças à colonização inglesa que se iniciou no começo do século XVII, em 1616, quando foi feito o primeiro contato com os brancos.

Durante o século XVIII foram os missionários jesuítas que ali estiveram e regressaram com suas histórias da viagem. Em meados do século XIX, Livingstone chega às costas do lago. Anos mais tarde, os missionários se estabeleceram e, em 1883, os ingleses constituíram um consulado para ajudar nos confrontos com os traficantes de escravos árabes.

Na Primeira Guerra Mundial, a Alemanha tentou invadir a região, mas foi rejeitada pelas forças nativas. Entre 1920 e 1930 tentou-se unificar Quênia e Tanzânia com Malauí, por se considerá-las afins, mas não houve sucesso. Após a Segunda Guerra Mundial, pensou-se fazê-lo com Rodésia e, em 1953, logrou-se unindo Niassalândia com a Rodésia em uma Federação desmanchada em 1963.

Em fevereiro de 1963, já com autogoverno e com Hasting Banda liderando-o, a região enfrenta o governo de Londres. Em maio de 1964 aconteceram as eleições para a Assembleia Nacional. Em 6 de julho de 1964, data que fora projetada para a independência, ela é proclamada perante o duque de Edimburgo. Hasting Banda manteve solidamente o poder e, em 1966, passou a ser presidente da República.

Em outubro de 1996, Sr. Gregório, ao caminhar até o mercado de Lilongwe para comprar alguns mantimentos, teve o seu destino e o de sua família mudados. Lilongwe é a capital do país e está dividida em duas zonas ativas: o centro da cidade, onde se encontram as embaixadas e linhas aéreas, e a cidade antiga, onde estão os hotéis e a estação de ônibus. Entre os lugares mais destacados está o mercado, um local muito animado e grande onde se encontra de tudo.

Ao atravessar uma avenida movimentada próxima ao mercado, Sr. Gregório foi atropelado pelo veículo que trazia o cônsul britânico, Sr. Franklin Martin Rodhes. A princípio, o motorista do agente diplomático e o próprio cônsul pensaram no pior, a morte do Sr. Gregório, o qual eles ainda não conheciam.

Rapidamente, entraram em contato com o serviço de emergência local e levaram Sr. Gregório para receber atendimento urgente no Nkhoma Hospital. Felizmente, quando chegaram, ele já estava acordado e recebeu atendimento. Teve um trauma nas costelas e quebrou o pulso esquerdo. Por causa desse embaraço, o Sr. Franklin Martin Rodhes sentiu-se obrigado a "compensar" de alguma forma o que havia acontecido ao Sr. Gregório.

Ali mesmo, no hospital, eles conversaram amistosamente, e o cônsul pôde ver a simplicidade do Sr. Gregório, que se traduzia na simplicidade de todo um povo.

— Qual é o seu nome? — disse o Sr. Gregório ao cônsul, num momento de descontração.

— Sr. Rodhes — respondeu o cônsul. — Sinto pelo ocorrido, Sr. Gregório — completou.

— Está tudo bem! A propósito, o senhor trouxe na bagagem o *kit* de sobrevivência? Vejo que é britânico — exclamou Sr. Gregório com um sorriso no rosto.

O cônsul riu.

— Espero que esteja tudo aqui, não é, Harold? — comentou o representante britânico, em tom de brincadeira, com o motorista.

— Espero que o senhor tenha trazido roupas de algodão e calçados cômodos, capa de chuva, alguma roupa de frio, óculos de sol, chapéu, protetor solar e repelente. — Sr. Gregório, sendo atendido por uma enfermeira, prosseguiu com o conselho.

Nesse momento, eles sorriram e conversaram sobre várias coisas, e o cônsul ficou espantado com o conhecimento que Sr. Gregório tinha, pois sabia da situação do país, onde 64% dos cidadãos não haviam sido alfabetizados.

Naquele instante, o médico solicitou a retirada do cônsul e do motorista e pediu que deixassem a esposa de Sr. Gregório vê-lo. Quando Emma adentrou com o bebê no colo e viu o sorriso no rosto do marido, logo se esvaiu de todo o medo e ansiedade que sentira. O marido passou trinta minutos contando tudo que lhe acontecera e como o cônsul lhe dera todo apoio e fora benigno com ele.

Após esse período, o médico convidou o cônsul e o motorista para entrarem, e eles se ajuntaram à Sra. Gregório e ao filho do casal.

— Neste momento, preciso que todos aguardem na sala de espera para que minha equipe e eu possamos verificar exatamente o quadro do Sr. Gregório e informar vocês do tempo de recuperação — disse o médico.

Emma despediu-se do marido com um beijo e todos saíram do quarto. Após algumas horas, o doutor os chamou.

— Fizemos os exames necessários, tiramos alguns raios X das costelas do Sr. Gregório e observamos um traumatismo.

As costelas, doze de cada lado do peito, estão ligadas à coluna vertebral na parte traseira e têm o propósito de proteger o coração, os pulmões e o conteúdo da região superior do abdômen — explicou o doutor.

— Entendo, doutor. Prossiga — disse o cônsul, ansioso.

— Na parte da frente, na altura do peito, dez delas estão ligadas ao osso esterno, por pedaços de cartilagem. Ao recebermos golpes ou pancadas diretas, pode haver contusão, fratura de costela ou traumas na cartilagem costal. No caso de se separarem da cartilagem, configura-se a separação condrocostal. O Sr. Gregório teve um trauma na cartilagem costal e já está sendo medicado. Com relação ao pulso esquerdo, já providenciamos o engessamento, que deverá permanecer por trinta dias — o médico completou.

— Mas o que isso quer dizer, doutor? Quanto tempo meu marido permanecerá aqui? — perguntou a Sra. Gregório.

— Posso garantir à senhora que, em uma semana, ele estará em casa. Iremos tratá-lo com todo o apoio do Consulado, pois o próprio cônsul, Sr. Rodhes, nos garantiu tudo o que for necessário à boa recuperação de seu marido. Embora não tenha havido fraturas nas costelas, precisamos deixá-lo em repouso por alguns dias, pois o local onde ocorreu o traumatismo está com muita sensibilidade, e ele sentirá dores ao se movimentar, respirar, rir ou tossir. Já providenciamos os anti-inflamatórios e analgésicos necessários — respondeu o doutor.

— Muito obrigada, doutor. Muito obrigada também, senhor cônsul. Meu marido e nosso filho são tudo o que me restou, não posso perdê-lo, toda a nossa família foi morta nos atentados violentos que ocorreram no nosso país ao longo dos últimos anos. Vivemos sozinhos, não temos bens nem dinheiro e estamos sem muito mantimento, mas temos um ao outro — agradeceu a Sra. Gregório ao doutor, feliz com as palavras dele. Emocionados, todos mostraram respeito à Sra. Gregório.

— Harold, por favor, leve a Sra. Gregório até a residência dela, pegue os mantimentos que estão no porta-malas do carro e os entregue a ela — disse o cônsul. — Quando aconteceu o acidente com o seu marido, acabávamos de sair do mercado, Sra. Gregório. Fui até lá para conhecer o local e aproveitei para comprar algumas coisas. Creio que serão úteis à senhora por alguns dias — complementou. — Tudo bem, Sr. Gregório? Tomei a liberdade de fazer isso, mas apenas o farei com o seu consentimento — disse o cônsul, olhando para o Sr. Gregório.

— Está tudo bem, senhor cônsul. Muito obrigado pelo que está fazendo. O senhor nem nos conhece, não significamos nada para o senhor e, ainda assim, demonstra tal vontade em nos ajudar — respondeu sorridente o Sr. Gregório.

— Sr. Gregório, eu demonstro tal vontade em ajudar vocês porque o senhor é meu irmão; somos todos irmãos, pobres, ricos, brancos e negros, somos todos filhos do mesmo Criador, e a única coisa que Ele nos pediu foi que amássemos uns aos outros. Portanto, digo-lhe: você e sua família significam mais para mim do que possa imaginar — disse o representante britânico.

Em seguida, o motorista Harold deixou o Nkhoma Hospital levando a Sra. Gregório e o filho do casal.

Após a partida do motorista, o cônsul sentou-se junto ao Sr. Gregório.

— Como você está se sentindo? — perguntou o agente diplomático.

— Sinto um pouco de dor ao tentar qualquer movimento e estou evitando respirações mais fortes. Mas, pelo que o médico disse, em breve estarei recuperado. A propósito, muito obrigado, senhor cônsul — respondeu o Sr. Gregório.

— Espero que fique bom logo, Sr. Gregório. Vou aguardar o retorno do meu motorista no saguão e amanhã retornarei para ver o senhor — falou o cônsul.

Os dois se despediram e o cônsul desceu até o saguão, imaginando o que poderia fazer para ajudar ainda mais o Sr. Gregório e sua família.

Nesse instante, o motorista Harold já havia chegado até o humilde barraco construído pelo próprio Sr. Gregório, na periferia da capital Lilongwe. Harold recolheu os mantimentos, alguns medicamentos que estavam no carro, alguns euros que tinha no momento e entregou tudo à Sra. Gregório.

Os dois se despediram.

— Muito obrigada, vá em paz — disse a Sra. Gregório a Harold.

Após quinze minutos de espera do cônsul no saguão, Harold chegou para buscá-lo. Os dois partiram rumo ao Consulado Britânico e conversaram bastante sobre todo o ocorrido. Harold demonstrou muita indignação perante a maneira como a família Gregório vivia.

— Sr. Rodhes, realmente eu não imaginava que essas pessoas pudessem viver dessa maneira. Sem dúvida, passam por muitas dificuldades — Harold desabafou.

— Isso é o resultado de um continente inteiro à mercê do esquecimento, Harold. Nosso papel aqui será mais importante do que pensa — respondeu o agente diplomático.

Assim, chegaram ao Consulado Britânico. O relógio já marcava 20h25.

Enquanto isso, o Sr. Gregório descansava no quarto do hospital, e a esposa dele, em casa, agradecia a Deus o fato de o marido estar bem e a ajuda que recebera.

Capítulo 2 – Vida nova

No dia seguinte, o cônsul retornou ao hospital para visitar o Sr. Gregório.
Ele fez isso durante toda a semana, e o Sr. Gregório estava muito feliz com um tratamento tão especial, que nunca recebera em sua vida.
No dia da liberação, lá estava o cônsul pronto para levá-lo para casa. Todos agradeceram ao médico e levaram alguns medicamentos para que o Sr. Gregório pudesse se manter sem dores na casa dele.
Harold, o motorista, auxiliou o Sr. Gregório a entrar no carro, e assim todos partiram para a humilde casa. No caminho, ao passarem próximo ao mercado:
— Cuidado aí, Harold!!! Não queremos atropelar mais ninguém! Não é mesmo, Sr. Gregório? — exclamou o cônsul e todos riram. — É, meu amigo, temos planos de muitas melhorias para o seu país, porém as dificuldades são muito grandes. Eu não tenho poder de mudar um país, mas posso começar ajudando um amigo: você — continuou.
— Amigo? Fico feliz que tenha me chamado dessa forma. A situação do meu povo é, sim, de muita dificuldade, porém as pessoas são felizes do jeito que podem, e eu também sou assim. Em que o senhor poderia me ajudar, senhor cônsul? — disse o Sr. Gregório um pouco surpreso com o que acabara de ouvir.
— Prefiro que me chame apenas de Franklin — exclamou o cônsul. — Começaremos indo até a sua casa para que eu possa conhecê-la.

— Se o chamarei apenas de Franklin, pode me chamar apenas de Johnson. Espero que não se incomode com a minha casa, pois ela provavelmente não se parece em nada com a sua — respondeu o Sr. Gregório com toda a humildade.

Ao chegarem à casa do Sr. Gregório, lá estavam a esposa e o bebê os aguardando. Como não caberiam todos lá dentro, Harold aguardou do lado de fora.

— Johnson, qual é o nome do seu filho? — perguntou o cônsul.

— Meu filho completa um mês na próxima quinta-feira, Franklin, e ainda não o registramos — respondeu o Sr. Gregório —, pois não temos acesso a isso. Não temos condições, e por aqui isso é normal. Nós o chamamos de John, porém ainda não definimos seu nome — completou.

— Pode deixar que providenciarei o registro dele e toda a documentação necessária. Esta criança será diferente de qualquer outra que viva nesta região. Ela será amada e terá um futuro — disse Franklin.

— Meu querido marido, o que acha de escolhermos agora o nome do nosso filho? — acrescentou a Sra. Gregório ao ver tudo que estava acontecendo com eles.

— Franklin, qual é o seu nome completo? — perguntou o Sr. Gregório, muito feliz com as palavras do cônsul.

— Meu nome é Franklin Martin Rodhes, por quê? — respondeu o cônsul.

O Sr. Gregório abriu um sorriso e disse:

— Portanto, Emma, o nome do nosso filho será Franklin Martin Gregório, pois Franklin Martin tem sido bom para nós e com certeza será para ele.

O cônsul, emocionado, pegou o garoto Franklin Martin Gregório nos braços e exclamou:

— Pequeno garotão, agora tenho uma responsabilidade para com você! Espero que possamos lhe proporcionar um futuro brilhante!

Após esses momentos, o cônsul britânico despediu-se da família e partiu com Harold rumo ao Consulado Britânico.

Durante alguns dias, o cônsul providenciou toda a documentação e a levou para os pais do pequeno Franklin Martin Gregório. Ele agora era uma criança registrada e com possíveis chances de trilhar um bom caminho.

Durante algumas semanas, o cônsul manteve-se rodeado de tarefas no escritório e começou a sentir muita saudade da esposa e dos filhos, que ficaram em Londres. No início de dezembro de 1996, o agente diplomático foi visitar a família, passar três dias com a esposa e os filhos.

Chegando lá, ficou muito feliz em vê-los. Passaram momentos agradáveis juntos, e o cônsul aproveitou para detalhar-lhes todo o ocorrido no Malauí e a grande experiência de vida que ele estava tendo naquele país.

Um dos filhos do cônsul, Benjamin Rodhes, adolescente de 16 anos, confessou ao pai:

— Bom, pai, estamos sentindo sua falta aqui, mas espero que o senhor possa continuar ajudando essas pessoas que necessitam. Pesquisei muito sobre o país em que o senhor está e vi coisas que jamais gostaria que acontecessem comigo. Portanto, pai, gostaria de dizer que estou orgulhoso do senhor.

Emocionado, o cônsul abraçou a família e disse a todos que continuaria fazendo o que pudesse para ajudar não só aquela família do Malauí, mas todos aqueles que ele conseguisse.

Após os três dias de descanso junto à família, o cônsul retornou a Lilongwe, capital do Malauí. Chegando lá, foi até a casa do Sr. Gregório para ver como todos estavam.

O Sr. Gregório ficou feliz em vê-lo e disse-lhe:

— Veja, Franklin, já consigo me abaixar, correr, voltei à pescaria há dois dias.

— Tenho novos planos para você, Johnson. Quero que você arrume suas coisas durante os próximos dois dias, pois providenciei uma nova casa para vocês no centro, próximo ao Consulado, onde você, Johnson, terá um emprego — disse o cônsul. — Você cuidará da limpeza do local para mim, e nós lhe pagaremos um salário justo, com o qual você poderá manter sua família — acrescentou.

O Sr. Gregório ficou muito feliz e abraçou a esposa, não acreditando que tudo aquilo estivesse realmente acontecendo com eles.

Nos dias que se seguiram, deixaram tudo pronto e fizeram a mudança. O Consulado Britânico, por meio do Sr. Rodhes, deu a nova casa ao Sr. Gregório como forma de pagamento pelos danos causados no acidente.

Felizes na nova casa, agora com energia elétrica, água e mantimentos disponíveis, eles pareciam não acreditar na nova vida. Emma, muito contente, disse ao marido:

— Meu querido marido, devemos agradecer a Deus todos os dias o que Ele tem feito conosco. Agora podemos criar nosso filho. Poderemos alimentá-lo e educá-lo, tudo o que seu pai queria para você, porém morreu antes de conseguir. Eu tenho orgulho de você, meu marido, que mesmo sozinho batalhou dia após dia para que não faltasse o pão na nossa casa.

O Sr. Gregório, muito feliz ao ouvir as palavras da esposa, exclamou:

— Minha amada esposa, tive um sonho esta noite que guardei apenas para mim, mas já não consigo mais guardá-lo.

— Que sonho? — perguntou a esposa.

— Vi nosso filho, adulto, trabalhando num grande laboratório. A imagem dele passava em uma grande televisão, e as pessoas o observavam atentamente. Ele dizia: "Conseguimos, conseguimos" — revelou o Sr. Gregório. — Não sei o que isso quer dizer, mas esse sonho martela em minha mente a todo instante. Será nosso filho um cientista, Emma?

Emma, sem saber o que dizer, apenas sorriu e respondeu:

— Espero que sim, meu marido.

No outro dia, o Sr. Gregório foi até o Consulado para tratar com o cônsul do trabalho que ele realizaria ali. O agente diplomático britânico explicou ao Sr. Gregório o que era necessário e perguntou:

— Johnson, você tem experiência como pedreiro e jardineiro?

O Sr. Gregório respondeu:

— Sim, Franklin. Trabalhei alguns anos em construções. Não tenho grande experiência como jardineiro, mas creio que posso tentar.

— Então, estamos acertados: você cuidará da limpeza do local e, quando necessário, também efetuará trabalhos como pedreiro e jardineiro — concluiu o cônsul.

Os dois se despediram, e, no dia seguinte, o Sr. Gregório estava pronto para iniciar as atividades na repartição britânica.

O primeiro dia de trabalho do Sr. Gregório no Consulado deu-se em 10 de dezembro de 1996. Ele passou os três anos seguintes cuidando de tudo o que era necessário para a manutenção do Consulado Britânico, sob os cuidados do Sr. Franklin Martin Rodhes.

Em janeiro de 2000, o Sr. Gregório foi até o cônsul e disse:

— Franklin, gostaria de conversar um pouco com você, meu amigo.

— Diga, Johnson, está com algum problema? — perguntou o cônsul.

— Na verdade, estou com uma dúvida. Meu filho, como bem sabe, completou três anos há alguns meses, e estou reparando que ele é diferente de outras crianças. Ele não se interessa muito pelos brinquedos que você mesmo deu a ele, prefere as revistas, os jornais e faz desenhos que não são normais para a idade dele — respondeu Johnson. — O que você acha disso?

O cônsul analisou as palavras do Sr. Gregório e explicou:

— Bom, creio que seu filho possa ser uma criança superdotada. Para termos certeza, precisamos que ele comece a estudar, como toda criança normal, para depois avaliarmos as capacidades dele. Enquanto ele está pequeno, providenciarei uma professora particular por conta do Consulado, e ela dará aulas ao pequeno Franklin, para que ele possa se desenvolver.

Feliz com as palavras do cônsul, o Sr. Gregório agradeceu e continuou o trabalho.

Na semana seguinte, o cônsul contratou a professora Elisabeth Dubs, especialista em crianças, e disse a ela:

— Elisabeth, quero que trate esta criança de uma forma muito especial e tente descobrir o grau de inteligência dela, pois os pais têm percebido um comportamento diferente para a idade.

— *OK*, Sr. Rodhes. Cuidarei disso — respondeu a professora. — Documentarei todo o desenvolvimento dele nos próximos anos. Eu o acompanharei até que complete seis anos, conforme nosso contrato.

Dessa forma, a professora foi conhecer o pequeno Franklin Martin Gregório. Conversou com os pais dele para conhecê-los melhor e toda a rotina da família.

No primeiro dia de aula na residência da família Gregório, a professora reparou que o pequeno Franklin já lia algumas palavras sozinho, bem como pronunciava alguns termos difíceis para qualquer criança normal, e isso a deixou pensativa.

Após seis meses de aulas ministradas pela professora Elisabeth Dubs, foi possível perceber o desenvolvimento rápido do pequeno Franklin.

O processo foi documentado pela professora, que comunicava tudo ao cônsul.

Em setembro de 2000, o pequeno Franklin completava quatro anos. Já sabia ler e escrever. Compreendia textos difíceis até mesmo para adultos e tinha grande capacidade lógica. Sempre surpreendia nos testes passados pela professora Dubs.

Capítulo 3 – Retorno à realidade

No fim do ano 2000, o Sr. Gregório, pai do pequeno Franklin, sentiu-se mal durante o turno da tarde no trabalho no Consulado. Desde os 20 anos ele estava infectado com o vírus HIV, muito comum em toda a região. Agora, com 32 anos, o Sr. Gregório já havia sido medicado contra malária e febre amarela, porém para o vírus HIV ainda não tinha recebido tratamento algum.

No Malauí, como em toda a África, muitas pessoas sofrem com essa doença. Nas últimas décadas, a Aids tem impedido o desenvolvimento do continente. A contaminação começou no início dos anos 1980, expandindo-se rapidamente, pois em 1990 já existiam 10 milhões de infectados. Desde essa década até os dias atuais, o número de infectados elevou-se mais de quatro vezes, sendo agora aproximadamente 42 milhões em todo o continente.

Resultando em uma mortandade de 22 milhões de pessoas e 13 milhões de órfãos, a doença tem uma participação negativa na configuração do Índice de Desenvolvimento Humano (IDH) dos países africanos no que diz respeito à esperança de vida. Isso porque o índice de mortalidade é alto. Grande parte dos países africanos está perdendo maciçamente seus adultos, pois um em cada três deles está contaminado em Botsuana, Lesoto, Suazilândia e Zimbábue, por exemplo. A África Subsaariana responde por 70% dos casos de Aids, no entanto, isso não quer dizer que a África Islâmica esteja imune aos profundos impactos decorrentes da doença. Os rumos da epidemia são determinados pelos aspectos sociais e as iniciativas para contê-la. As perspectivas são pessimistas quanto ao número de contaminações. Calcula-se que até 2025 a África terá, aproximadamente, 200 milhões de pessoas contaminadas.

O Sr. Gregório não tinha acesso aos medicamentos antirretrovirais. Esses medicamentos surgiram na década de 1980 para impedir a multiplicação do vírus no organismo. Eles não matam o HIV, vírus causador da Aids, mas ajudam a evitar o enfraquecimento do sistema imunológico. Por isso, seu uso é fundamental para aumentar o tempo e a qualidade de vida de quem tem Aids.

Percebendo a complexidade do caso do Sr. Gregório, o cônsul se disponibilizou a enviar o amigo a Londres para um tratamento no Hospital de Londres.

Em solo britânico, o Sr. Gregório foi levado até o Hospital de Londres e recebeu atendimento do Dr. Edward Sinc.

O Dr. Sinc, todavia, percebeu que o caso do Sr. Gregório era difícil, pois ele já vivia há muitos anos com o vírus no organismo sem tratamento, e muitas células de seu sistema imunológico haviam sido destruídas.

Rapidamente, ele assistiu o Sr. Gregório com toda a medicação necessária e enviou um comunicado ao cônsul avisando que o paciente deveria permanecer pelo menos quinze dias em Londres.

Em resposta ao comunicado do Dr. Sinc, o cônsul agradeceu e pediu que dessem uma atenção especial ao Sr. Gregório, fazendo tudo o que estivesse ao alcance deles.

No Malauí, o cônsul explicou toda a situação à Sra. Gregório, que ficou muito triste e disse que também morreria, já que também era portadora do vírus. Ela chorou muito. O cônsul apenas consolou-a e disse:

— Querida Emma, providenciarei os medicamentos para que você possa se tratar. Fique tranquila.

Em Londres, o Dr. Sinc assistiu o Sr. Gregório com terapia. As recomendações reuniam técnicas de especialistas no tratamento de soropositivos. De forma técnica, o tratamento consiste no uso de medicamentos antirretrovirais e outros cuidados com o paciente.

Após um período de quinze dias de tratamento, o Sr. Gregório já se sentia melhor. Nesse momento, Sr. Franklin já estava a caminho do Hospital de Londres para levar o Sr. Gregório para casa. O Dr. Sinc foi até o quarto do Sr. Gregório para dar ao paciente algumas explicações e disse-lhe:

— Sr. Gregório, quando ocorre a infecção pelo vírus causador da Aids, o sistema imunológico começa a ser atacado. E é na primeira fase, chamada de infecção aguda, que ocorre a incubação do HIV — tempo da exposição ao vírus até o surgimento dos primeiros sinais da doença. Esse período varia de três a seis semanas. E o organismo leva de trinta a sessenta dias, após a infecção, para produzir anticorpos anti-HIV. Os primeiros sintomas são muito parecidos com os de uma gripe, como febre e mal-estar. Por isso, a maioria dos casos passa despercebida.

O Sr. Gregório permanecia atento às palavras do Dr. Sinc.

— A próxima fase é marcada pela forte interação entre as células de defesa e as constantes e rápidas mutações do vírus. Mas isso não enfraquece o organismo o suficiente para permitir novas doenças, pois os vírus amadurecem e morrem de forma equilibrada. Esse período, que pode durar muitos anos, é chamado de assintomático. O senhor já passou por esse período. Infelizmente, em razão da falta dos medicamentos necessários e da ausência de um tratamento adequado, o seu organismo foi muito afetado.

  O Sr. Gregório, com um olhar triste, perguntou ao Dr. Sinc:

  — Quando eu vou morrer, doutor?

  Nesse momento, o cônsul chegou e pôde ouvir a explicação do médico:

  — Com o frequente ataque, as células de defesa começam a funcionar com menos eficiência até serem destruídas. O organismo fica cada vez mais fraco e vulnerável a infecções comuns. A baixa imunidade permite o aparecimento de doenças oportunistas, que recebem esse nome por se aproveitarem da fraqueza do organismo. Com isso, atinge-se o estágio mais avançado da doença, a Aids. Quem chega a essa fase, por não saber ou não seguir o tratamento indicado pelos médicos, pode sofrer de hepatites virais, tuberculose, pneumonia, toxoplasmose e alguns tipos de câncer — prosseguiu o doutor.

  — Doutor, o que podemos concluir no caso do meu amigo Johnson? — perguntou o cônsul.

  O médico respondeu:

  — Bem, não posso estabelecer um prazo, mas, tomando a medicação que irei receitar e seguindo um tratamento, o Sr. Gregório ainda viverá de cinco a dez anos. Não posso garantir uma data exata... caso o tratamento tivesse se iniciado antes, talvez pudéssemos aumentar este prazo...

— Entendi, doutor. Obrigado — disse o cônsul.

— Não se preocupe, Franklin, isso é o que ocorre no meu país e em toda a África há décadas. Por que seria diferente comigo? — perguntou o Sr. Gregório, bastante triste, ao cônsul.

O cônsul, bastante chateado, despediu-se do Dr. Sinc e pegou todos os medicamentos necessários à continuidade do tratamento do Sr. e da Sra. Gregório, esta que ainda estava em uma fase mais branda da doença.

Aproveitando a estadia em Londres, o cônsul foi à sua residência para ver a família. Chegando lá estavam a esposa, Beatrice Rodhes, e os dois filhos: Benjamin Rodhes, agora com 20 anos e estudante de direito na Universidade de Londres, e o mais novo, Steven Rodhes, de 17 anos.

Todos puderam conhecer, naquele momento, o Sr. Gregório, do qual o pai sempre lhes contava as histórias do Malauí. Passaram um dia muito amistoso e todos trataram o Sr. Gregório muito bem.

Num momento da conversa, a Sra. Rodhes se dirigiu ao Sr. Gregório:

— Johnson, meu marido me disse que o seu filho de quatro anos tem um grande futuro, que é uma criança muito inteligente. Quem sabe um dia ele não venha para Londres estudar. Pense nisso. Quando ele estiver mais velho, poderia cursar uma universidade por aqui. Nossa casa estará aberta para ele.

— Muito obrigado, Sra. Rodhes. Fico feliz por isso — respondeu o Sr. Gregório. — Vivemos uma vida muito simples no Malauí. Tudo isso é muito diferente para nós. Eu espero que o destino do meu filho seja, sim, diferente do meu.

No dia seguinte, o cônsul e o Sr. Gregório dirigiram-se ao aeroporto para retornarem à capital Lilongwe.

Em algumas horas, o cônsul e o Sr. Gregório chegaram ao Aeroporto Internacional de Lilongwe-Kamuzu. Lá estava Harold, o motorista, aguardando-os.

Logo que entraram no carro, conversaram sobre a viagem, e Harold explicou ao Sr. Gregório que a Sra. Gregório estava muito triste e que precisava de muito apoio do marido.

Andaram 22 km do Aeroporto Internacional de Lilongwe-Kamuzu até o centro de Lilongwe.

Chegando à casa do Sr. Gregório, desceram as bagagens e explicaram à Sra. Gregório toda a situação e a dedicação que deveriam ter no tratamento e no controle dos medicamentos.

— Emma, trouxe medicamento suficiente para um tratamento de dois meses para você e Johnson. A cada mês solicitarei direto de Londres uma nova quantidade de medicamentos para que vocês mantenham o tratamento no Nkhoma Hospital — disse o agente diplomático.

— Muito obrigada, Franklin. Que Deus possa recompensá-lo por tudo que tem feito pela nossa família nesses anos — agradeceu a Sra. Gregório.

O cônsul sorriu e então se despediu deles para voltar ao Consulado, pois tinha muitas tarefas para cuidar.

Capítulo 4 – Construindo os pilares

Durante alguns meses, o cônsul se manteve muito ocupado trabalhando e apenas enviava os remédios mensalmente à família Gregório, conforme prometido ao amigo e à Sra. Gregório. O cônsul passava por problemas diplomáticos entre o Reino Unido e Malauí. Os dois países tinham alguns desentendimentos, e isso ocupava muito o cônsul Franklin Martin Rodhes.

Em meados de 2001, o cônsul foi rever os amigos. Chegando à casa do Sr. Gregório, conversaram bastante e o cônsul lhes contou tudo o que havia ocorrido nos meses anteriores. Aproveitou para perguntar se estavam seguindo com o tratamento, ao que o Sr. Gregório respondeu:

— Franklin, estou me sentindo bem, gostaria de voltar a trabalhar. Já me sinto forte novamente, quero poder fazer algo.

O cônsul lhe respondeu:

— Tudo bem, Johnson. Sua vaga está lá esperando você. Na próxima semana você já pode voltar ao trabalho, mas com calma, comece devagar, nada de pressa, está bem?

Todos riram...

Nesse momento, o pequeno Franklin Martin Gregório, quase completando cinco anos, entra em casa e diz ao cônsul:

— Oi, tio! Estou estudando muito! Aprendi muitas coisas com a professora Elisabeth. Você já ouviu falar de "lógica"?

— "Lógica"? O que é isso? — perguntou o cônsul, curioso para ouvir o menino.

O pequeno Franklin respondeu:

— "Lógica" significa palavra, pensamento, ideia, argumento, relato, razão lógica ou princípio lógico. Ela é considerada uma ciência formal, é o estudo sistemático dos princípios da inferência válida e do pensamento correto.

O cônsul manteve os olhos fixos e balançou a cabeça em sinal positivo para que o pequeno Franklin continuasse a explanação.

— Assim, tio, a lógica é o ramo da filosofia que cuida das regras do bem pensar, ou do pensar correto. Ela é um meio de garantir que nosso pensamento proceda corretamente a fim de chegar a conhecimentos verdadeiros — concluiu o pequeno Franklin.

Impressionado com o que ouvira de uma criança que ainda não havia completado cinco anos de idade, o cônsul perguntou:

— Onde você leu tudo isso, Franklin?

Então o pequeno Franklin lhe disse:

— Eu li um dia em um livro que a professora Elisabeth me deu. Só que agora, tio, eu quero um presente.

O cônsul sorriu e perguntou:

— Você quer um presente? O que você quer?

Franklin completou:

— Eu quero um livro que fala sobre a doença do papai e da mamãe, porque eu quero estudar para poder curar os dois.

Emocionado com as palavras do garoto, o cônsul disse:

— Pequeno Franklin, eu darei a você este presente que tanto quer, e não comprarei apenas um livro para você, mas uma coleção! Para que você possa estudar muito.

Observando toda a conversa, os pais do pequeno Franklin sorriram e se orgulharam do filho. Após esses momentos, o cônsul retornou ao seu ofício e preparou a coleção de livros para presentear o pequeno Franklin.

Três dias depois, ele mesmo foi entregar os presentes. Chegando à casa da família Gregório, o pequeno Franklin já abriu um largo sorriso e perguntou:

— Tio, você trouxe o meu presente?

Então, o cônsul lhe disse:

— Claro, Franklin. Está aqui! Vamos olhar?

O garoto, então, foi ansioso ver os livros. O cônsul lhe trouxe uma coleção completa de medicina, livros de arte e filosofia, além de um dicionário completo e uma enciclopédia.

Olhando tudo aquilo, o garoto agradeceu:

— Muito obrigado, tio. Agora eu vou ler tudo!

O cônsul, então, respondeu:

Pode ler, é tudo seu! Mas vá com calma, está bem?

Todos riram.

O cônsul conversou um pouco com os pais do pequeno Franklin e pediu a eles que controlassem bem os horários de estudo do garoto.

Em seguida, o cônsul se despediu da família Gregório e retornou às suas atividades.

As coisas caminhavam normalmente: o Sr. Gregório retornara ao trabalho, o pequeno Franklin continuava os estudos particulares com a professora Elisabeth. Tudo estava bem. Em setembro de 2002, o pequeno Franklin completou seis anos de idade, e o contrato de ensino particular da professora Elisabeth Dubs com o cônsul se encerrou.

A professora, então, passou um relatório completo do aprendizado do garoto, para que agora ele fosse encaminhado a uma escola normal e se misturasse com outras crianças. Na conclusão do relatório ela informava:

"Cônsul, o garoto realmente é diferente. Nunca vi uma criança tão inteligente. Nesses anos de aulas particulares, eu ensinei a ele inglês, matemática, geografia, ciências, história e literatura. Além disso, ele teve contato com lógica, informática; e, com os livros que você mesmo deu a ele, com medicina, arte e muita informação da enciclopédia. Eu não sei bem como, mas, apenas lendo, o garoto aprende. Posso afirmar a você que ele é autodidata. Foi um prazer atendê-lo neste trabalho. O conhecimento dele já ultrapassa o de uma criança de 12 anos. Um grande abraço, Elisabeth Dubs."

Ao ler o relatório da professora Dubs, o cônsul ficou muito feliz em ver o desenvolvimento do garoto e resolveu fazer a ele uma visita.

Chegando à casa do Sr. Gregório, num sábado muito bonito e ensolarado, o cônsul decidiu convidar a família para um passeio.

— Johnson, quero convidá-los para um passeio pelo Parque Nacional de Kasungu, para que possamos conversar um pouco — disse o cônsul.

O Sr. Gregório respondeu:

— Tudo bem, Franklin. Vamos com você.

Harold, o motorista, aguardava no carro.

Assim que todos entraram, Harold deu a partida e saíram. A caminho do Parque, o pequeno Franklin comentou:

— Pai, quando vamos até o Monkey Bay? Li na enciclopédia que lá há uma linda praia. Também vi que se encontra a Reserva da Ilha Thumbi, uma reserva natural de aves e répteis.

O pai do garoto respondeu:

— Claro, filho. No próximo passeio você irá conhecer o Cabo Maclear e o Monkey Bay. Eu já estive lá algumas vezes. Cabo Maclear é um lugar legal para praticar a pesca. O povoado de lá é muito gentil.

O cônsul, ouvindo a conversa, disse:

— Lembrem-se de mim!

Todos riram.

Em poucos minutos, chegaram ao Parque Nacional de Kasungu, cuja entrada fica a 38 km de Kasungu, a noroeste de Lilongwe.

Nesse local, as rotas de vida selvagem permanecem abertas desde a metade de junho até primeiro de janeiro do ano seguinte. Durante esse período, podem-se ver elefantes, búfalos, zebras, antílopes e algumas outras espécies de animais.

Caminhando pelo parque, o cônsul chamou o Sr. Gregório em particular e lhe confessou:

— Johnson, estou preocupado com você e com sua esposa. Vocês estão tomando a medicação corretamente? Se estiver precisando de algo, por favor, me diga.

— Estamos bem. Desde que iniciamos o tratamento, a Emma fica de olho em mim. Quando eu esqueço, ela me lembra dos medicamentos — respondeu o Sr. Gregório, atento às palavras do cônsul.

— Pois ela está de parabéns! — brincou o cônsul.

Após alguns minutos de conversa e interação, o cônsul explicou aos pais do pequeno Franklin sobre a professora Elisabeth, todo o relatório que ela havia lhe passado e os elogios que fizera ao garoto.

Após ouvir o cônsul, o Sr. Gregório perguntou:

— Não sabemos o que fazer agora. Precisamos encontrar uma escola para ele. Você pode nos ajudar quanto a isso?

Então, o cônsul lhe disse:

— Estou pesquisando para decidirmos para onde levar o pequeno Franklin. Ele está num nível avançado para a idade dele, porém também precisa estar com outras crianças para que possa desenvolver seu lado social. Assim que eu tiver uma posição a respeito, informarei vocês.

O Sr. Gregório agradeceu ao cônsul, e todos partiram para casa. Passaram um sábado muito agradável no Parque Nacional de Kasungu.

Chegando à residência do Sr. Gregório, o cônsul se despediu deles e disse que em breve conseguiriam uma escola para o pequeno Franklin.

Nas semanas seguintes, o cônsul andou pela cidade de Lilongwe para averiguar a situação das escolas, a fim de escolher uma adequada para o pequeno Franklin. Infelizmente, nesse período, ele não conseguiu encontrar nenhuma. Em uma das escolas visitadas, ele verificou uma sala com 200 alunos sentados no chão, apenas com um caderno e uma caneta. Uma situação realmente precária.

Conversando com algumas pessoas, o cônsul encontrou uma escola privada, frequentada apenas pela classe mais alta, filhos de políticos e de alguns empresários da capital.

Chegando à escola, chamada Lilongwe Centro de Aprendizado, o cônsul foi tratado com muita cortesia pelos funcionários. Porém, ao solicitar a matrícula para o pequeno Franklin, ele ouviu de um funcionário:

— Esta escola é para alunos diferenciados, não podemos aceitar a matrícula desse garoto, a não ser que ele faça uma prova de conhecimentos básicos, mas creio que ele ainda não saiba ler nem escrever, correto?

— Errado — respondeu o cônsul. — Aplique uma prova para alunos do 4º ano, por favor. Garanto que ele se sairá bem.

— Este é o principal centro educacional do país, senhor. Como este garoto irá realizar uma prova que é normalmente aplicada a alunos de dez a doze anos? — replicou o funcionário.

— Não se preocupe com isso. Eu o trarei para realizar os testes necessários. Quando posso voltar? — questionou o cônsul.

— Pode voltar amanhã às 7 horas — orientou o funcionário.

O cônsul agradeceu o atendimento e se despediu.

Após sair do Lilongwe Centro de Aprendizado, ele foi até a casa do Sr. Gregório dar a todos a notícia. Num primeiro instante, os pais do pequeno Franklin ficaram apreensivos com relação à prova a que o filho seria submetido e à possibilidade de ele estudar com pessoas de uma classe superior.

O cônsul, percebendo a apreensão deles, disse:

— Não se preocupem. Tenho certeza de que o nosso garotão se sairá bem. Amanhã, às 6h40, o Harold passará por aqui para buscá-lo e levá-lo até a escola para que ele possa fazer o teste.

No dia seguinte, exatamente às 6h40, Harold estava aguardando o pequeno Franklin para o seu primeiro teste em uma escola.

Ao entrar no carro, Franklin perguntou ao motorista:

— A escola é bonita, Harold?

— Sim, a escola é muito bonita — respondeu o motorista. — E você irá estudar lá.

Ao chegarem ao Lilongwe Centro de Aprendizado, Harold dirigiu-se até a secretaria com o pequeno Franklin e disse ao funcionário:

— Amigo, vim trazer o garoto para fazer o teste especial de ingresso na escola. O nome dele é Franklin Martin Gregório.

— Acompanhem-me até a sala — orientou o funcionário.

Chegando à sala, o funcionário entregou a prova ao garoto, contendo algumas questões de inglês, matemática, história, ciência e literatura, além de algumas questões difíceis de raciocínio lógico.

O funcionário, então, explicou como deveria ser preenchido o teste e disse:

— Você tem uma hora para realizar a prova.

Harold, um pouco confuso com a quantidade de páginas do teste, questionou o funcionário:

— Você acha que uma hora é tempo suficiente?

— Os bons terminam em uma hora e vinte minutos, mas vamos ver este garoto — respondeu o funcionário.

Naquele momento, o pequeno Franklin começou a prova, lia e relia as questões, pensava, lembrava-se de tudo que havia estudado nos últimos anos com a professora Elisabeth Dubs e, surpreendentemente, após trinta minutos, ele chamou o funcionário.

Antes que pudesse dizer qualquer coisa, o funcionário se antecipou:

— Garoto, não posso ajudá-lo. Faça o teste individualmente.

Então, o pequeno Franklin respondeu:

— É que já terminei. Tem mais alguma coisa para eu fazer?

O funcionário, então, foi até a mesa do pequeno Franklin e viu a prova, com todas as questões realmente respondidas, e, apenas olhando rapidamente, já pôde verificar algumas respostas corretas.

— OK. Vou encaminhar a avaliação à professora responsável pela turma do 4º ano para que ela possa avaliá-lo. Dentro de alguns dias entraremos em contato para dar o resultado — disse o funcionário.

Harold, o motorista, agradeceu ao funcionário e levou o pequeno Franklin para casa.

Passados três dias, o Lilongwe Centro de Aprendizado entrou em contato com o cônsul.

— Senhor cônsul, este garoto fez uma prova para crianças de dez a doze anos em trinta minutos e não errou nenhuma questão. Como o senhor me explica isso? — perguntou o funcionário, sem entender a situação.

— Eu não explico! — disse o cônsul. — Digamos que ele é um garoto especial. Por favor, proceda, então, à matrícula dele. Todos os custos serão por minha conta — finalizou.

No início de 2003, começaram as aulas do pequeno Franklin na escola. Um mundo novo se abria diante dos olhos do garoto. Ali ele poderia mostrar toda a sua capacidade e fazer amigos. No seu primeiro ano na escola, o pequeno Franklin entrou na turma do 3º ano, com alunos de idade entre nove e dez anos, porém ele ainda tinha apenas seis anos, era o mais novo e frágil da turma.

Todos os dias, o motorista levava Franklin à escola e depois buscava, e assim durante dois anos letivos.

Ao concluir o 4º ano, no fim de 2004, e agora com oito anos de idade, o pequeno Franklin já havia feito amigos e aprendido muitas coisas novas. Ele continuava a mostrar as suas habilidades e sempre surpreendia os professores. Foi eleito o melhor aluno nos dois anos em que estudou no Lilongwe Centro de Aprendizado e elaborou um projeto de ciências que ganhou destaque em todo o colégio.

Vendo a aptidão do pequeno Franklin, o cônsul foi com os pais do garoto até a escola, para saberem a opinião dos professores.

Chegando lá, o Sr. Gregório disse:

— Meu filho está muito feliz nesta escola, Franklin. Eu e minha esposa não temos como lhe agradecer tudo o que fez. Realmente agora sabemos que nosso filho poderá ter um futuro.

Ouvindo as palavras do Sr. Gregório, o cônsul lhe respondeu:

— Não tenha dúvidas disso, meu amigo Johnson. Anos atrás, quando ele ainda era um bebê, eu lhe prometi que daríamos um futuro digno a ele, e aqui estamos nós.

Após estas palavras, todos se sentaram e, junto a eles, a professora responsável pelo 4º ano, Srta. Susan Timans, a qual havia acompanhado o pequeno Franklin durante todo o ano de 2004, e a diretora da escola, Sra. Georgia Camps.

A diretora, Sra. Georgia Camps, abriu a reunião dizendo:

— Sr. e Sra. Gregório, é um prazer receber vocês em nossa escola. Só posso lhes dizer que vocês têm um filho realmente brilhante. Temo que nossa escola não possa "segurá-lo" durante muito tempo mais, visto que a capacidade que ele demonstra a cada ciclo é bastante elevada.

Ouvindo atentamente as palavras da diretora, a Sra. Gregório respondeu-lhe:

— Nosso filho está feliz em sua escola. Gostaríamos que ele permanecesse aqui por pelo menos mais dois ou três anos.

Nesse momento, o cônsul surgiu com uma proposta:

— Sra. Camps, por que, em vez de passarmos nosso garoto para o 5º ano, não o pulamos para o 6º ano? E, após o 6º ano, passamos Franklin para o 8º. Isso, é claro, dependendo do desempenho dele.

— O que você pensa, Srta. Timans? — perguntou a diretora, Sra. Georgia Camps, buscando auxílio na professora.

— Acho uma ideia viável. Embora ele tenha capacidade para ir diretamente para o 8º ano, ainda é uma criança de oito anos. Viver com crianças muito mais velhas pode ser também prejudicial ao desenvolvimento normal dele. Lembrem-se: o desenvolvimento físico dele não condiz com a capacidade mental.

Todos balançaram a cabeça em sinal positivo, compreendendo o pensamento da professora Timans.

— Estamos de acordo — disse o cônsul. — Vamos experimentá-lo no 6º ano em 2005.

Sendo assim, a reunião do Lilongwe Centro de Aprendizado foi concluída com os pais do pequeno Franklin e o cônsul.

Durante as férias escolares, o Sr. Gregório propôs levar o filho para um passeio no Cabo Maclear, um lugar ideal para a prática da pesca.

Os dois, sozinhos, foram conversando bastante até chegarem ao local. Chegando ao Cabo Maclear, o pequeno Franklin perguntou ao pai:

— Pai, antigamente o senhor pescava, não é?

— Sim, meu filho, esta era a minha profissão antes de ir trabalhar com o tio Franklin.

— Entendi — afirmou o garoto.

— Pai, por que o tio Franklin é tão legal conosco? — perguntou o garoto.

Após pensar por alguns instantes, o Sr. Gregório respondeu:

— Bom, meu filho, ele apenas é uma pessoa boa, que se preocupa com os outros, e eu quero que você seja como ele um dia, que ajude muitas pessoas.

— Sim, pai, espero poder ajudar muitas pessoas um dia — disse o menino. — Peguei um, pai! Venha ver! — exclamou o garoto.

— Puxe, rápido! Parece ser grande, hein, filho? — avisou o Sr. Gregório.

Após um período de descontração entre pai e filho, os dois juntaram os pertences e voltaram para Lilongwe, rumo ao mercado.

Chegando ao mercado, andaram por várias lojas e compraram tudo de que precisavam.

Entrando em casa, viram Emma caída no chão. Ela havia passado mal e eles não estavam em casa. O Sr. Gregório sentiu-se muito culpado e preocupado.

A primeira coisa em que ele pensou foi ligar para o amigo Franklin, porém o cônsul havia ido passar alguns dias com a família em Londres.

O que fazer agora?

Sem condições de irem rapidamente para o Nkhoma Hospital, o pequeno Franklin tomou uma atitude e disse:

— Pai, não se preocupe, vou cuidar da minha mãe, já estudei sobre isso. Nos últimos dias percebi algumas coisas diferentes na mãe, e agora estou comprovando minha hipótese.

— Que hipótese, meu filho? — perguntou o pai.

— Está muito quente hoje, pai, isso também fez com que a mãe desmaiasse, creio que não é nada sério. Vamos deitá-la com a cabeça de lado e mais baixa que as pernas. Desaperte um pouco as roupas dela, pai. Ela já irá recuperar os sentidos — explicou o garoto.

— Como você sabe disso, meu filho? — questionou o pai do garoto.

— Tenho estudado muito medicina, como o senhor sabe, pai. E vejo que os sintomas da mãe não são anormais.

Nesse momento, a mãe do garoto recuperou os sentidos e perguntou a eles:

— O que houve?

— Chegamos e encontramos a senhora desmaiada, mãe — respondeu o garoto. — Pai, prepare uma papa com muito açúcar e pouca água e traga para que a mãe possa colocar debaixo da língua. Misture apenas algumas gotas — orientou o garoto.

O pai do garoto preparou o açúcar com leves gotas de água, conforme orientado pelo filho, e deu à esposa. Então, o pequeno Franklin disse:

— Mãe, andei reparando que a senhora tem sentido um pouco de fome fora de hora, reclamou de cólicas ontem e tem ido muito ao banheiro urinar. Hoje mesmo, antes de sairmos, você disse estar se sentindo cansada. Todos esses sintomas, mãe, mostram que a senhora está grávida.

O pai do garoto questionou:

— Você tem certeza, filho?

— Bom, pai, vamos levá-la ao médico para termos certeza — respondeu o garoto.

Já se sentindo um pouco melhor, a Sra. Gregório se levantou, auxiliada pelo esposo e pelo filho Franklin.

Como a família não possuía veículo, o Sr. Gregório solicitou o serviço de táxi para que pudesse levar a esposa até o Nkhoma Hospital.

Após trinta minutos, chegaram ao hospital. Por causa do número de pacientes aguardando, foi necessário que eles esperassem duas horas até o atendimento da Sra. Gregório.

No momento do atendimento, o Dr. Grill James perguntou:

— Senhores, o que houve?

— Encontrei minha esposa desmaiada em casa, doutor. Meu filho disse que ela pode estar grávida, porque ele verificou alguns sintomas — disse o Sr. Gregório.

— Ele verificou? — questionou, em tom de brincadeira, o médico.

— Sim, doutor. Eu gosto de estudar medicina. Não foi difícil perceber que minha mãe está grávida — respondeu o garoto.

Então, o médico disse:

— Você parece ter certeza. Pedirei alguns exames para confirmar sua hipótese, OK?

Nesse momento o Dr. Grill James prescreveu alguns exames e montou a ficha da Sra. Gregório. Na sequência, o doutor explicou um pouco do que seria feito:

— Solicitarei um teste biológico para detectar a eventual presença de hCG no sangue da paciente. Os resultados obtidos por meio desses testes começam a ser confiáveis alguns dias após a ausência de menstruação e, em conjunto, a sua margem de erro é inferior à dos exames realizados com amostras de urina.

— O senhor irá solicitar uma ecografia, doutor? — perguntou o garoto.

— Você está muito entendido, hein, rapaz? — brincou o doutor. — A ecografia é um exame exploratório inofensivo tanto para a mãe como para o embrião, de fácil realização e que pode ser realizado no próprio consultório médico, mesmo que apenas seja útil para o diagnóstico da gravidez quatro semanas após a ausência de menstruação. Mas não iremos utilizá-lo.

— Entendi — respondeu o garoto.

O doutor, então, passou algumas orientações à Sra. Gregório e solicitou que ela retornasse ao hospital no dia seguinte pela manhã, para que pudesse ser submetida aos exames.

No dia seguinte, no horário combinado, o Sr. Gregório foi ao hospital acompanhando a esposa, enquanto o pequeno Franklin permanecia dormindo. Chegando ao local, aguardaram por trinta minutos até que uma funcionária chamou a Sra. Gregório para que pudessem ser feitos os exames.

Após avaliar a Sra. Gregório, fizeram a coleta do sangue. Então, a enfermeira explicou todo o processo e orientou que voltassem em cinco dias para pegar o resultado dos exames, pois havia muitos pacientes e pouca estrutura para atender todos rapidamente.

O Sr. e a Sra. Gregório agradeceram o atendimento e retornaram para casa. Já em casa, eles começaram a conversar.

— Não se preocupe, meu marido, estamos cuidando do Franklin, também iremos cuidar do nosso próximo filho, se assim eu estiver grávida. Eu gostaria que fosse uma menina — disse Emma ao esposo.

O Sr. Gregório abriu um sorriso e respondeu:

— Você está certa, vamos conseguir. Se fosse há alguns anos, provavelmente passaríamos muita dificuldade, pois mal conseguíamos nos alimentar e o Franklin, quanto mais aumentando a família. Porém, desde que consegui meu trabalho, através do meu amigo cônsul, tudo melhorou para nós.

Após três dias, o cônsul retornou da viagem. No dia seguinte à sua chegada a Lilongwe, ele foi visitar o amigo Johnson.

Ao chegar à casa do Sr. Gregório, todos o receberam muito contentes e conversaram por alguns minutos, até que o pequeno Franklin revelou:

— Tio Franklin, minha mãe está grávida.

— É verdade, Johnson? — perguntou o cônsul.

— Ainda não sabemos, o resultado dos exames da Emma saem amanhã no Nkhoma Hospital.

Então, o cônsul lhe disse:

— Com certeza é uma bênção de Deus, meu amigo Johnson! Não se preocupe, irei até lá com vocês.

Após a conversa, o cônsul se despediu e disse que passaria lá no dia seguinte de manhã para irem juntos até o Hospital buscar o resultado.

No dia seguinte, logo cedo, lá estava o cônsul e seu motorista aguardando a família Gregório. Após alguns minutos, todos saíram rumo ao Nkhoma Hospital.

Capítulo 5 – Bênçãos

No caminho, Emma demonstrava muita ansiedade e um pouco de enjoo. O cônsul então acalmou-a e disse que já estavam chegando. Ao chegarem ao hospital, logo foram até a funcionária e entregaram a ficha de coleta de exame contendo o nome da paciente.

Após alguns minutos, a funcionária trouxe o envelope com o resultado do exame. Ao abrir, a Sra. Gregório logo viu a resposta que tanto aguardara. Positivo. Grávida.

Todos se alegraram. O cônsul abraçou o amigo Johnson, e o pequeno Franklin abraçou a mãe. Nesse instante, um filme passou pela cabeça do cônsul, lembrando-se do momento em que também soube que sua esposa estava grávida pela segunda vez, há 21 anos.

Os filhos do cônsul, Benjamin Rodhes e Steven Rodhes, estavam com 24 e 21 anos, respectivamente. Benjamin havia se formado em direito na Universidade de Londres e já conquistava espaço e respeito na área. O sonho dele era um dia ser cônsul, como o pai. Já Steven Rodhes, o mais novo, gostava de esportes. Era jogador de futebol profissional, um atacante ousado que se destacava no futebol europeu defendendo o Tottenham Hotspur.

Como a carreira dos filhos lhes tomava muito tempo, a esposa do cônsul, Sra. Beatrice Rodhes, começou a sentir-se sozinha em Londres. Vendo isso, o cônsul chamou-a para morar em Lilongwe por uns tempos. No início ela não gostou da ideia de deixar Londres, mas a saudade do marido falou mais alto e ela logo partiu para Lilongwe.

Em solo malauiano, a esposa do cônsul pôde conhecer um pouco mais de perto o local onde o marido trabalhava há oito anos. Viu as dificuldades de um povo pobre, porém feliz, doente, porém esperançoso num futuro melhor para os filhos, e isso a comoveu muito.

Entrando no ano de 2005, o pequeno Franklin se preparava para voltar às aulas, e a mãe dele, agora sabendo que estava grávida de oito semanas, cuidava melhor da própria saúde e da saúde do bebê. Felizmente, a Sra. Beatrice Rodhes estava por perto para ajudá-la em tudo que fosse necessário, e isso facilitou bastante a gestação da Sra. Gregório.

Ao se iniciarem as aulas, o cônsul aconselhou o pequeno Franklin a entrar para a equipe de futebol da escola, pois ele precisava desenvolver-se mais fisicamente. Nesse ano também o pequeno Franklin frequentou aulas de natação e judô. O cônsul queria que o garoto se desenvolvesse bastante, não apenas nos estudos, mas socialmente, pois ele já percebia o futuro e a responsabilidade que viriam para o garoto.

Em julho de 2005, a Sra. Gregório começou a sentir as dores de parto. Em casa estavam apenas a Sra. Rodhes, esposa do cônsul, e o pequeno Franklin. O Sr. Gregório e o cônsul estavam trabalhando.

Vendo que Emma estava prestes a dar à luz e que não tinham nenhum carro disponível no momento, a Sra. Rodhes ligou para o marido para que pudesse ajudá-las naquele momento. Infelizmente, o telefone do cônsul estava em sua sala e ele estava nos fundos do Consulado, passando algumas orientações ao Sr. Gregório acerca de uma reforma que estava sendo feita.

Quando viu que o marido não pôde atender, a Sra. Rodhes ficou assustada e não sabia o que fazer. Tentou chamar um táxi, porém o único taxista que a atendeu disse que só poderia chegar em trinta minutos.

Vendo a situação, o pequeno Franklin disse:

— Tia Beatrice, se você me ajudar, eu mesmo farei o parto da minha mãe.

Assustada com as palavras do garoto, a Sra. Rodhes afirmou que não tinham condições de fazer aquilo, pois não contavam com equipamentos e nem experiência.

Então, o garoto explicou:

— Existem dois tipos de partos de emergência, tia Beatrice: a cesariana e o parto normal, feito de maneira inesperada. A cesariana deverá ser feita apenas se houver riscos para a mãe e para o bebê na realização do parto normal. Devemos tomar cuidado com os principais perigos, que são a eclampsia, o sofrimento fetal ou outra ocorrência obstétrica.

Franklin continuou a explicação:

— Já o parto repentino, que é o nosso caso, é quando a mãe planeja ter a criança no hospital, mas, por causa de algum acontecimento inesperado, ela precisa dar à luz em casa ou em outro local. Podemos ver que o bebê está próximo, pois a mamãe já começou a sentir as contrações que causam a abertura ou dilatação do colo do útero. E, como nós somos os únicos aqui, essa tarefa caberá a nós.

A Sra. Rodhes, percebendo o grau de conhecimento do pequeno Franklin, respondeu:

— OK, Franklin. Vou limpar a mesa e colocar uma toalha limpa para que possamos deitar sua mãe.

Enquanto isso, o garoto foi até o armário e pegou a caixa de primeiros socorros que o cônsul havia dado ao Sr. Gregório para o caso de uma emergência.

Após lavar as mãos com água e sabão, o garoto pegou panos higienizados, uma tesoura esterilizada e um barbante limpo para amarrar o cordão umbilical.

Após deitarem a mãe do garoto na mesa, as contrações começaram a se intensificar a cada dois minutos. Então, o pequeno Franklin orientou tia Beatrice:

— Não podemos impedir o parto segurando as pernas da mãe ou empurrando a cabeça do bebê de volta, pois assim os dois sofrerão mais. Também não podemos puxá-lo para acabar mais rápido. Precisamos deixar o bebê sair naturalmente.

— OK. Já é possível ver a cabeça do bebê — respondeu a Sra. Rodhes.

O parto prosseguia. O pequeno Franklin apoiava a cabeça do bebê à medida que ele ia saindo, e, a cada contração, pedia que a mãe fizesse força, e assim o bebê foi saindo. Após o bebê nascer, a Sra. Rodhes amparou-o com panos limpos.

Então, o pequeno Franklin disse:

— Não podemos puxar o cordão umbilical. Ele sairá com a placenta daqui a vinte minutos com mais algumas contrações.

Enquanto isso, o pequeno Franklin limpou a boca e o nariz do bebê e verificou se ele respirava. Logo depois, o garoto solicitou à Sra. Rodhes que agasalhasse o bebê e o entregasse à mãe.

Passados alguns minutos, o menino amarrou dois fios ao cordão umbilical, o primeiro a cinco centímetros e o outro a dez centímetros, e, com a tesoura esterilizada, cortou entre os fios. Em seguida, o garoto pediu à Sra. Rodhes que tentasse novamente o contato com o esposo dela para que pudessem levar a mãe e o bebê ao hospital para mais avaliações.

Assim que o marido atendeu, a Sra. Rodhes explicou toda a situação e o que haviam feito. Solicitou que ele providenciasse o veículo para levá-los até o Nkhoma Hospital o mais rápido possível para evitar complicações pós-parto.

Em alguns minutos, Harold, o motorista, chegou com o Sr. Gregório, que estava muito ansioso para saber como passavam a esposa e o bebê.

Rapidamente conduziram a Sra. Gregório e o bebê até o veículo. Para não prejudicar a mãe nem o bebê, o pequeno Franklin e a Sra. Rodhes ficaram em casa aguardando informações. O cônsul, por motivos importantes, não pôde acompanhá-los nesse momento.

Sendo assim, partiram rumo ao Nkhoma Hospital o motorista Harold, o Sr. Gregório e a esposa com o bebê.

Em casa, o pequeno Franklin ficou muito ansioso por respostas. Então, a tia Beatrice o acalmou:

— Você foi ótimo, pequeno Franklin, fique tranquilo que sua mãe e o bebê ficarão bem.

Após ouvir as palavras da Sra. Rodhes, o pequeno Franklin, então, respondeu:

— Sim, tia Beatrice, espero que as duas estejam bem, já que agora tenho uma irmãzinha.

— É verdade! Você já pode pensar em um nome para ela! — disse a Sra. Rodhes.

Chegando ao Nkhoma Hospital, o Sr. Gregório e o motorista Harold encaminharam rapidamente Emma e o bebê para receberem atendimento do Dr. Grill James.

Então, o Sr. Gregório pediu:

— Dr. James, por favor, avalie se minha esposa e nosso bebê estão bem, pois foi necessário um parto de última hora, em casa mesmo.

O Dr. James, então, perguntou:

— O parto foi feito por quem?

— Pelo meu filho, Franklin, com o auxílio da Sra. Rodhes, esposa do cônsul — respondeu o Sr. Gregório.

Um pouco impressionado com a situação, o Dr. Grill James fez uma cara de espanto e logo começou a avaliar a Sra. Gregório e o bebê.

— Sra. Gregório, após o parto normal, a mulher já pode andar e comer, mas ainda não pode se levantar sozinha, pois perdeu muito sangue durante o parto e isso pode fazer com que a pressão arterial caia e a mulher desmaie. A alta hospitalar ocorrerá para você daqui a 48 horas, e isso após uma nova avaliação. Irei lhe passar alguns exercícios pós-natal fundamentais para que você possa se restabelecer o mais rapidamente possível — explicou o médico. — Verifico que o parto foi feito de maneira correta, não houve complicações e o bebê está bem e saudável, pesando três quilos e trezentos gramas. Nossas enfermeiras já estão cuidando da criança e logo você poderá estar com ela em seus braços novamente — continuou a avaliação.

— Deu tudo certo, Emma. Apenas descanse e fique tranquila, ficaremos por aqui — disse Sr. Gregório, feliz porque a esposa e o bebê estavam bem.

Após todo o período de avaliação, uma das enfermeiras trouxe o bebê até a Sra. Gregório para que ela pudesse amamentá-lo.

— Vocês têm uma linda garota. Já escolheram um nome para ela? — perguntou a enfermeira.

A Sra. Gregório agradeceu, respondendo:

— Ainda não, iremos escolher hoje.

O Dr. Grill James retornou ao quarto da paciente e passou mais algumas informações importantes com relação à recuperação da Sra. Gregório e concluiu:

— Este período logo após o parto chama-se puerpério, ou resguardo. Dura em torno de seis a oito semanas e só termina com o retorno das menstruações. Em nenhuma outra fase da vida acontecem tantas mudanças físicas num espaço tão curto de tempo. Também ocorrem as mudanças psicológicas, portanto, como seu obstetra, eu passarei à senhora todas as informações necessárias para que sua recuperação seja perfeita.

— Obrigada, Dr. James. Minha primeira gestação foi muito complicada, não tivemos todo esse apoio e cuidado. Agora me sinto mais tranquila — disse a Sra. Gregório.

Após finalizar uma reunião importante no Consulado, o Sr. Rodhes foi à casa do Sr. Gregório e pegou Beatrice e o pequeno Franklin para que fossem até o Hospital visitar Emma e o bebê.

Chegando ao Hospital, o pequeno Franklin foi correndo verificar se estava tudo bem com a mãe e a irmã. Vendo que estavam recebendo todo o tratamento necessário, ele logo se tranquilizou.

O cônsul e a esposa Beatrice também foram até o quarto e levaram um buquê de rosas para presentear a Sra. Gregório, que ficou muito feliz em vê-los e agradeceu todo o apoio que recebera.

Após o período de visitas, o Dr. James solicitou que todos saíssem para que a Sra. Gregório pudesse descansar e recuperar-se. Porém, antes de todos saírem, ele chamou o pequeno Franklin e lhe disse:

— Você fez um ótimo trabalho, garotão, meus parabéns! Creio que um dia você poderá trabalhar comigo, o que acha?

Sorrindo, o pequeno Franklin exclamou:

— Claro! Também quero cuidar de pessoas, curá-las. Quero, principalmente, curar meu pai do vírus HIV, que afeta toda a nossa família e praticamente todo o nosso continente.

Vendo a sinceridade do garoto e a tristeza nos olhos dele por saber da complexidade da doença, o médico aconselhou:

— Então, se é isso que você quer, não desista enquanto não conseguir. Seu pai e todos nós ficaremos orgulhosos de você. Jamais desista de seus sonhos e objetivos.

O garoto, compreendendo as palavras do médico, agradeceu e se despediu.

Na sala de espera, o Sr. Gregório disse ao cônsul:

— Franklin, eu ficarei acompanhando minha esposa. Você poderia cuidar do pequeno Franklin para nós durante estes dois dias?

— Claro, Johnson, será um prazer! Amanhã voltaremos para vê-los.

Todos se despediram e o cônsul, a esposa e o pequeno Franklin foram embora.

No caminho, o cônsul perguntou ao garoto:

— Como você se sentiu realizando o parto da sua irmãzinha, Franklin?

— Muito emocionado, tio Franklin — respondeu o garoto. — No momento em que vi minha mãe sentindo as contrações, eu apenas coloquei em prática tudo o que tenho aprendido. Foi incrível! Parecia que já tinha feito aquilo várias vezes. Eu sabia o que fazer o tempo todo, e a tia Beatrice me ajudou muito.

A Sra. Rodhes, então, revelou:

— Meu marido, tudo aquilo que você me falava acerca deste garoto é verdade. Ele é muito especial! Fico imaginando quantas crianças como ele estão por aí, sem amor, sem família, sem alimento, sem estudos, sem oportunidade de ser alguém um dia.

— Quando atropelei o Johnson, não sabia o que fazer para ele. Na verdade, eu não entendia o propósito. Após esta família ter entrado na minha vida, vejo tudo com outros olhos. Aqui não é Londres, Beatrice, mas o que tenho aprendido nesses anos é muito mais valioso do que todos os anos de estudos que tive por lá — respondeu o cônsul.

Após alguns minutos, todos chegaram à residência do cônsul. Prepararam o jantar, e o cônsul passou algumas horas orientando o pequeno Franklin, ensinando, contando histórias e também aprendendo com o garoto.

Enquanto isso, o Sr. Gregório permaneceu no Nkhoma Hospital acompanhando a esposa durante toda a noite.

No dia seguinte, o cônsul voltou ao hospital com a esposa e o pequeno Franklin para uma visita rápida, pois tinha algumas tarefas para cuidar. Em seguida, o cônsul solicitou ao motorista Harold que levasse o pequeno Franklin até a escola para a prática esportiva da semana.

Após finalizar a aula, Harold levou o garoto de volta para a casa do cônsul, que passou todo o dia cuidando de assuntos profissionais, tratando de negociações do interesse do país que ele representava, a Inglaterra. Já a Sra. Rodhes permaneceu no Nkhoma Hospital com o Sr. Gregório até o fim da tarde.

O cônsul, então, retornou ao Nkhoma Hospital ao fim da tarde e levou um lanche especial para o amigo Johnson. Os dois conversavam enquanto o amigo comia.

— Johnson, vou lhe contar um segredo. Não diga ao pequeno Franklin que contei a você. Ele me disse o nome que gostaria de dar à irmã. Emily Martin Gregório. O que você acha? — disse o cônsul.

— Acho lindo, maravilhoso! Apenas precisamos falar com minha esposa — respondeu o Sr. Gregório.

Em seguida, o cônsul se despediu e voltou para casa com a esposa. Chegando lá, o pequeno Franklin estava estudando alguns livros que Harold entregara a ele para que pudesse se entreter até que o cônsul retornasse.

Então, o cônsul perguntou ao garoto:

— Sobre o que está lendo, pequeno Franklin?

— Estou lendo sobre o seu trabalho, tio Franklin — respondeu o garoto.

— E o que você está achando? — perguntou o cônsul.

O pequeno Franklin, então, explicou:

— Vi que o senhor é um funcionário do governo do seu país, que cuida dos interesses do seu Estado aqui no Malauí, protegendo as pessoas e as empresas. Estou curioso: nós não somos do seu país e você está nos protegendo. Tio Franklin, por quê?

Achando graça do comentário do garoto, o cônsul e a esposa riram por alguns instantes.

— Vocês são como se fossem da nossa família, pequeno Franklin. Sempre iremos cuidar de você e dos seus pais — disse a Sra. Rodhes.

Naquele momento, o Sr. Gregório passava mais uma noite acompanhando a esposa no Nkhoma Hospital e lembrando-se de todos os momentos que se passaram desde que conhecera, acidentalmente, o cônsul.

No dia seguinte, o cônsul retornou ao hospital acompanhado da esposa e do pequeno Franklin, desta vez para levarem a Sra. Gregório para casa com a filha recém-nascida.

Chegando lá, o pequeno Franklin perguntou à mãe:
— Mãe, vocês já escolheram um nome para minha irmãzinha?
— Estamos pensando em Emily Martin Gregório, o que você acha? —respondeu a mãe do garoto.
Então, o pequeno Franklin olhou para o cônsul e disse:
— Segredo, né, tio?
Todos riram.

Depois de receber alta, a Sra. Gregório, com a pequena Emily, foi conduzida até o veículo. Assim, todos partiram rumo à residência do Sr. Gregório.

Após aqueles dias, o tempo passava cada vez mais rápido, e a pequena Emily crescia, recebendo os cuidados da mãe e também da Sra. Rodhes. Após alguns meses, em novembro de 2005, o pequeno Franklin se preparava para encerrar mais um ano letivo no Lilongwe Centro de Aprendizado.

Durante 2005 ele havia cursado o 6º ano, conforme reunião dos pais do garoto com a diretora, Sra. Georgia Camps, e a professora Susan Timans, além do cônsul, que acompanhava a família.

Estava com nove anos de idade e estudava com crianças de doze anos, em média. Após avaliarem o desempenho do garoto no 6º ano, os professores do Lilongwe Centro de Aprendizado e a diretora decidiram que em 2006 o pequeno Franklin poderia ir do 6º ano diretamente para o 8º.

Por causa da prática esportiva e da boa alimentação que recebia, o pequeno Franklin se desenvolvera ainda mais no ano de 2005, mostrando-se uma criança muito saudável e esperta.

Vendo isso, o cônsul se propôs a presentear o garoto e conversou com a esposa para que ela o auxiliasse na escolha do presente.

Capítulo 6 – Preparação

Durante as férias escolares, em janeiro de 2006, o cônsul decidiu convidar o Sr. Gregório e o pequeno Franklin para um passeio no Lilongwe Golfe Clube. O golfe era um esporte de que o cônsul gostava bastante e que gostaria de praticar com mais frequência. Os amantes do golfe na região se encontravam nesse local.

Chegando à residência do Sr. Gregório, o cônsul os convidou para que pudessem passar o dia juntos no clube. Sendo assim, o Sr. Gregório e o pequeno Franklin logo se arrumaram e partiram com o cônsul.

Ao chegarem no Lilongwe Golfe Clube, o cônsul providenciou as entradas para eles e explicou como funcionava o local. O pequeno Franklin ficou encantado com o local e andava por todos os lados para conhecer tudo. Lá estavam algumas pessoas influentes da região, inclusive o prefeito da capital, Sr. Jules Baltman.

Ao perceber a presença do cônsul, rapidamente o prefeito foi até ele para cumprimentá-lo. Durante a conversa, o cônsul apresentou o Sr. Gregório e o pequeno Franklin ao prefeito. Então, o Sr. Baltman disse:

— Ah, este é o garoto de quem minha filha sempre comenta quando fala sobre o colégio. Ela estava na turma do 6º ano com ele, mas, pelo que fiquei sabendo, agora ele foi diretamente para o 8º ano. Ela afirma que nunca viu um garoto tão inteligente quanto este!

— É verdade, Sr. Baltman. Este garoto tem tido um progresso um pouco diferenciado, então decidiram fazer isso — explicou o cônsul.

Então, o prefeito perguntou:

— Qual é a idade do garoto, Sr. Rodhes?

— Ele está com nove anos — respondeu o cônsul.

O Prefeito, impressionado, disse-lhe:

— Nove anos? No 8º ano ele estará estudando com crianças de quatorze anos, em média. Isso é algo realmente muito diferenciado!

O cônsul, então, respondeu:

— É verdade. Temos tido uma certa cautela no que diz respeito a este avanço prematuro do garoto. Não queremos que ele deixe de ser uma criança normal.

— Está certo, Sr. Rodhes. Bom, meu amigo, vou praticar um pouco agora, bom jogo para vocês. Esta semana passarei no Consulado para que possamos conversar melhor. Um grande abraço — despediu-se o Sr. Baltman.

— Obrigado pela atenção, Sr. Baltman — agradeceu o cônsul. — Foi um prazer revê-lo. Até a próxima!

Nesse momento, o Sr. Gregório olhou para o cônsul e sorriu, dizendo:

— Parece que o meu garotão está ficando famoso por aqui.

Todos riram.

O pequeno Franklin, então, explicou a eles que a filha do prefeito era uma amiga do colégio, e ele sempre a ajudava com os trabalhos e tarefas quando a amiga tinha dificuldades.

O cônsul, então, lhes disse:

— O jogo pode parecer fácil, mas é um dos esportes mais difíceis de se praticar. A imensidão do campo e a dificuldade de cada tacada são um desafio para a mente e o espírito de qualquer jogador. É o esporte ideal para superar nossos próprios limites, por isso quis trazer o pequeno Franklin aqui hoje, Johnson.

— Eu nunca me imaginei jogando golfe, Franklin. Vamos ver como nos saímos — revelou o Sr. Gregório.

— Senhores, este esporte exige muito raciocínio, análise e estratégia — disse o cônsul.

Na sequência, o cônsul explicou a eles alguns detalhes acerca da maneira de se jogar: o *match play* e o *stroke play*, as responsabilidades de cada jogador, o que é e o que não é permitido, entre outros detalhes. E concluiu dizendo:

— Aos poucos irei ensinar a vocês todas as regras, mas, de início, iremos apenas nos beneficiar deste maravilhoso contato com a natureza!

O pequeno Franklin, então, convidou:

— Bem, então, vamos queimar algumas calorias.

Todos riram.

O cônsul fez algumas tacadas para que eles observassem a maneira correta de usar o taco e como bater na bola. O pequeno Franklin analisava cada detalhe mostrado pelo cônsul e, mentalmente, já calculava a distância da bola até o buraco, a força ideal da tacada e o ângulo ideal da batida.

Então, o cônsul disse-lhes:

— Vamos testar nosso garotão. Pegue seu taco, pequeno Franklin. É sua vez!

O garoto, então, se preparou para a primeira tacada.

— Fundamental para um bom jogo de golfe é a tacada. É importante treinar as tacadas de longa, média e curta distâncias — disse o cônsul. — Existem muitas técnicas diferentes para o aperfeiçoamento da tacada. Tente uma variedade até encontrar a que funciona melhor para você.

— Obrigado pelas dicas, tio Franklin. Acho que já posso tentar — falou o garoto.

O garoto, então, se concentrou para a primeira tacada, há 228 metros do buraco, enquanto o pai e o cônsul olhavam atentamente os movimentos dele. O cônsul não lhe revelou a distância exata a que ele iria fazer a tacada.

Tac... Após a primeira batida, a bola viajou numa tacada sensacional. Com mais quatro batidas, o garoto fez par 5, ou seja, com cinco tacadas atingiu o objetivo. O cônsul ficou impressionado com o *stroke rating* de par 5 do garoto, pois isso demandava muito treinamento, força e estratégia do jogador.

Então, o cônsul perguntou ao pequeno Franklin:

— Você sabe o comprimento do *teeing ground* até o buraco que você acertou?

O garoto respondeu:

— Bom, tio, calculei uma distância de cerca de 220 metros, fiz a primeira batida para aproximar cerca de cinquenta metros, outras três batidas de cinquenta metros e depois completei o restante. Não tinha força suficiente para uma tacada mais longa, senão teria feito com um *stroke rating* de par 3 ou 4.

— Este é o meu garoto! Isso foi apenas o aquecimento, então agora vamos jogar — disse o cônsul, sorridente.

Eles passaram o dia todo se divertindo. Ao fim do jogo, com buracos de distância de par 3, de 228 metros entre si, a somatória total do par de todos os buracos deu origem ao valor de 74 para o cônsul, 79 para o pequeno Franklin e 84 para o Sr. Gregório.

Foram dezoito buracos, o cônsul fez uma pontuação de 3 acima do par, chamada de *triple bogey*, o pequeno Franklin, de 8 acima do par, e o Sr. Gregório foi o último colocado, com 13 acima do par.

O ponto de referência para dezoito buracos era de 71 tacadas, e, no primeiro jogo, o pequeno Franklin já demonstrou uma grande habilidade e foi parabenizado pelo cônsul.

 O Sr. Gregório, então, se gabou:

 — Está vendo, meu amigo Franklin, também tenho um atleta na família.

 Todos riram.

 Após esses momentos de descontração, eles voltaram para casa e descansaram. O pequeno Franklin aproveitou mais alguns dias de férias e viveu como uma criança normal, passeando e brincando com a irmãzinha Emily.

 Com o retorno das aulas em 2006, e agora no 8º ano, o pequeno Franklin recebeu na casa dele uma surpresa do cônsul e de Beatrice, que decidiram presenteá-lo com um computador.

 O cônsul e a esposa avaliaram que era hora de o garoto aproximar-se mais do mundo digital, e que o acesso à internet o auxiliaria bastante nos estudos e pesquisas de seu interesse.

 Muito feliz com o presente, o pequeno Franklin foi, acompanhado do pai, até a casa do cônsul para agradecer pessoalmente.

 — Tio Franklin e tia Beatrice, muito obrigado pelo presente. Estou muito feliz! — comemorou o garoto.

 — Também estamos felizes que tenha gostado, pequeno Franklin. Aproveite seu presente — respondeu a Sra. Rodhes.

 Então, o pequeno Franklin disse:

 — Tio Franklin, eu gostaria de sair das aulas de futebol e judô e permanecer apenas nas aulas de natação, e assim entrar em um curso de informática. Aprendi com a professora Elisabeth muitas coisas sobre informática, mas quero agora fazer um curso e aprender mais.

Após avaliar o argumento do garoto, o cônsul achou uma boa ideia investir no conhecimento de informática do pequeno Franklin, visto que ele realmente não demonstrava muito interesse pelos esportes, com exceção da natação e do golfe.

— Tudo bem, garotão — concordou o cônsul. — Providenciarei para você uma matrícula num excelente curso de informática da cidade, mas me prometa que não irá faltar nas aulas de natação.

Então, o garoto disse:

— Eu prometo, tio! Obrigado.

Após esses instantes, o Sr. Gregório conversou um pouco com o cônsul e com Beatrice e contou como estavam indo as coisas. Deu boas notícias contando da esposa e da pequena Emily e apenas reclamou que, às vezes, se sentia mal com alguns dos sintomas que o Dr. Edward Sinc havia avisado que futuramente ele sentiria.

— Quais são os sintomas mais frequentes, Johnson? — perguntou o Sr. Rodhes.

— Tenho sentido febre, mal-estar geral, perda de energia e de peso — respondeu o Sr. Gregório.

— Você e sua esposa têm seguido a medicação e o tratamento corretamente, Johnson? — perguntou o cônsul.

O Sr. Gregório respondeu:

— Sim, meu amigo. Creio que esteja por chegar meu momento, pois o doutor nos disse que eu teria de cinco a dez anos, no máximo, de vida, e já se passaram mais de cinco anos. Estou preocupado. Tenho crianças pequenas em casa e uma esposa também doente, mas que ainda não começou a sentir os sintomas.

A Sra. Rodhes, então, olhou para o marido tentando buscar palavras corretas para ajudar o Sr. Gregório, porém não encontrou.

Então, o cônsul disse:

— Johnson, não se preocupe com isso. O doutor deu a você o tempo que ele achou correto, porém, se nos apegarmos a isso, acabaremos por sofrer mais e deixaremos de viver as coisas boas da vida. Meu conselho a você é simples: apenas viva e curta sua família, sua querida esposa e seus belos filhos. Independentemente de quando isso ocorrer, e é o que acontecerá com todos nós um dia, saiba que eu cuidarei da sua família.

Então, o Sr. Gregório se emocionou e chorou como nunca antes. Todos se emocionaram também, e o pequeno Franklin, entendendo a preocupação do pai, abraçou-o:

— Nós amamos o senhor, pai.

O cônsul, então, decidiu levá-los para casa. Chegando lá, a Sra. Gregório os aguardava com a pequena Emily.

— O que houve? Por que estão tristes? — perguntou a Sra. Gregório, percebendo tristeza no olhar de todos.

O cônsul, então, explicou a ela sobre as preocupações do Sr. Gregório e pediu que o apoiasse o quanto pudesse, para que ele superasse essa fase tão difícil.

Entendendo a dor do marido, Emma disse:

— Não se preocupe, meu marido. Estaremos sempre ao seu lado, como sei que sempre estará ao nosso.

Após esses instantes, o cônsul se despediu da família Gregório e foi para casa ficar com a esposa. Alguns dias se passaram e o pequeno Franklin iniciou as aulas de informática e prosseguiu com os estudos no 8º ano no Lilongwe Centro de Aprendizado.

O cônsul decidiu passar alguns dias em Londres com a esposa, onde aproveitariam para rever os filhos Benjamin e Steven Rodhes. Steven estava no início da segunda metade da temporada pelo clube que jogava e disputava o título de campeão inglês pela primeira vez. Já Benjamin proporcionou a si mesmo alguns dias de férias após quatro anos consecutivos de muito trabalho como advogado.

Chegando em Londres, o cônsul foi com a esposa ao Hospital de Londres visitar o Dr. Edward Sinc. Ao encontrar-se com o doutor, o cônsul lhe disse:

— Olá, Dr. Sinc. Prazer em revê-lo.

— O prazer é todo meu, Sr. Rodhes. Porém, imagino que esteja aqui não para falarmos de coisas boas, estou certo? — respondeu o médico.

— É verdade — concordou o cônsul.

Durante alguns minutos, o cônsul explicou ao médico tudo o que estava ocorrendo com o Sr. Gregório e a preocupação de todos com o que poderia ocorrer.

— Bom, Sr. Rodhes, passei uma previsão de cinco a dez anos de vida para o Sr. Gregório, e isso graças aos medicamentos muito fortes que você mesmo providenciou para ele. Não fossem esses medicamentos e o tratamento que passei, provavelmente ele não teria sobrevivido até hoje — disse o doutor.

Então, a Sra. Rodhes perguntou:

— Dr. Sinc, o que devemos esperar daqui em diante?

— Creio que ele já esteja sentindo os sintomas mais comuns, como febre, cansaço, perda de peso e diarreia. Com o tempo ele poderá apresentar perda de memória em curto prazo, erupções cutâneas, dermatite — respondeu o médico.

— Esses sintomas vêm após o inchaço das glândulas sob os maxilares, nas axilas e no pescoço. Infelizmente, não há como se livrar de todos os sintomas, apenas amenizá-los com a sequência do tratamento.

Vendo a complexidade da situação, o cônsul disse:

— Bom, Dr. Sinc, só espero que as crianças também não precisem passar por tudo isso, pois infelizmente nasceram infectadas. Felizmente, o pequeno Franklin vem sendo medicado desde que seus pais iniciaram o tratamento, e também temos acompanhado a pequena Emily.

Então, o médico acrescentou:

— Isso é importante, Sr. Rodhes. Felizmente, existe o período assintomático, senão o sofrimento se daria desde o nascimento das crianças. Todavia, devo dizer que, enquanto não houver uma cura, todos sofrerão alguns dos sintomas que citei, chegando ao óbito.

Após a explicação do Dr. Sinc, o cônsul agradeceu e saiu do hospital com a esposa rumo ao apartamento do filho Benjamin. Enquanto se dirigiam ao local, conversavam sobre a situação e tudo o que o Dr. Sinc lhes havia dito.

— Não fique triste, meu marido — disse a Sra. Rodhes. — Você tem feito o que pode por esta família. Vamos fazer aquilo que está ao nosso alcance e cuidar deles.

— Após todos esses anos, Beatrice, eu me apeguei tanto a essa família que os considero como nossos parentes.

Simplesmente não consigo aceitar uma família tão linda e especial como a deles ser destruída por uma doença. Fico imaginando o sofrimento de tantas famílias que passam por situação semelhante — desabafou o cônsul.

Após conversarem bastante, o cônsul e a esposa chegaram ao apartamento do filho Benjamin. Ao reverem o filho, eles ficaram muito felizes e o abraçaram muito. Passaram várias horas conversando e contando todas as novidades do Malauí. Contaram também sobre o momento difícil que viviam junto à família do Sr. Gregório.

Benjamin também lhes contou as novidades de Londres e como pretendia seguir adiante com a carreira de advogado. Foi, então, que disse aos pais:

— Pai, mãe, tenho uma novidade a mais para vocês.

Curiosos, os pais perguntaram:

— Que novidade, meu filho?

— Eu e minha namorada, Liz Hudg, pretendemos ficar noivos esta semana — disse Benjamin.

— Que notícia boa, meu filho! — comemorou o pai.

— Ficamos felizes por você. Esperamos que esteja fazendo a escolha correta. Sinto por não poder estar aqui no momento.

Então, a Sra. Rodhes disse:

— A Liz é uma moça muito especial, Franklin. Ela fará nosso filho feliz.

O cônsul e a esposa passaram mais dois dias em Londres e aproveitaram para rever o outro filho, Steven, porém mais rapidamente, pois ele estava concentrado para uma partida importante pela Liga Inglesa. Após conversarem com o filho e matarem a saudade, logo se prepararam para voltar a Lilongwe.

Ao retornarem para Lilongwe, decidiram não contar ao Sr. Gregório e à família do amigo que haviam ido conversar com o Dr. Sinc, para não preocupá-los ainda mais. Apenas decidiram continuar ajudando a família em tudo o que fosse possível e enquanto fosse possível.

Passaram-se alguns meses.

Em julho de 2006, a pequena Emily completava o primeiro aniversário. Todos se alegraram e se reuniram para comemorar. O pequeno Franklin, prestes a completar dez anos, sentia-se orgulhoso da irmãzinha e tinha no coração o propósito de cuidar sempre dela.

Já há alguns meses sem trabalhar por causa de seu estado de saúde, o Sr. Gregório recebia aposentadoria e mais um auxílio pessoal do cônsul para cuidar da família.

O cônsul aproveitou o momento para conversar com o amigo Johnson e contar algumas novidades também.

— Meu amigo Johnson, meu filho Benjamin se casará em alguns meses. A data foi marcada para 20 de janeiro de 2007 e ele me enviará os convites em dezembro, e exigiu que você e sua família compareçam, pois ele deseja vê-los — disse o Sr. Rodhes.

Então, o Sr. Gregório respondeu:

— Bom, meu amigo, fico feliz pelo seu filho. Espero que ele possa ser muito feliz e um grande homem, como você. Só não posso garantir minha presença, pois não sei como estarei daqui a seis meses.

O cônsul, então, agradeceu:

— Obrigado, meu amigo. Você estará bem. Não imagino o casamento do meu primogênito sem a sua presença.

Depois desses momentos juntos, o cônsul se despediu e partiu para sua residência com a esposa.

Capítulo 7 – Futuro

Aproveitando alguns dias de folga na escola, o pequeno Franklin se aprofundou nos estudos particulares sobre o vírus HIV. Leu muitas informações na internet, pesquisou sobre os sintomas e sobre a composição do soro que ele e os pais usavam no tratamento. Pesquisou sobre as atividades do Baylor International AIDS Initiative e sobre a Malauí Comissão Nacional de Aids.

O garoto apenas pensava em uma maneira de salvar o pai e curar a família para que pudessem continuar a viver juntos.

Retornando às aulas, o pequeno Franklin evoluía cada vez mais, e iniciou um trabalho de monitoria na escola, auxiliando os colegas nas atividades escolares. Também permaneceu nas aulas de natação e no curso de informática, que ainda duraria mais alguns meses.

Sempre aos sábados, ia com o cônsul ao Lilongwe Golfe Clube e, a cada semana, se mostrava mais competitivo e desafiador ao próprio cônsul, já experiente no jogo.

Em setembro de 2006, o pequeno Franklin completava dez anos de idade e já se mostrava um garoto muito maduro. No seu décimo aniversário, o pai de Franklin decidiu reunir a família com o cônsul e a esposa Beatrice para comemorarem. O pequeno Franklin também convidou alguns amigos da escola para participarem da festa.

Foi uma comemoração simples, porém muito animada e especial. O pequeno Franklin ganhou alguns presentes e ficou muito contente. Ao fim da festa, a família Gregório agradeceu a presença de todos.

Após algumas semanas, a diretora do Lilongwe Centro de Aprendizado chamou os pais do garoto para uma reunião. O Sr. Gregório, então, convidou o cônsul para acompanhá-los.

Ao chegarem à escola, a Sra. Georgia Camps os cumprimentou:

— É um prazer recebê-los mais uma vez em nossa escola. Gostaria de definir com vocês, neste momento, a forma como procederemos com o garoto Franklin, pois ele está concluindo o 8º ano daqui a um mês.

Então, a mãe do garoto disse:

— Sim, Sra. Camps. Estamos dispostos a ouvir o que a senhora tem a nos dizer.

— Por favor, sentem-se. Fiquem à vontade — convidou a diretora.

Após todos se acomodarem, a diretora prosseguiu dizendo:

— Como vocês sabem, nosso colégio trabalha com três níveis de ensino. Primeiro atendemos crianças no início da alfabetização, em seguida atendemos o que chamamos de segunda fase, ou seja, crianças do 5º ao 8º ano. E, após essa fase, temos a terceira fase, chamada de pré-universitária ou de ensino médio.

Todos ficaram atentos às palavras da diretora, que continuou dizendo:

— Nosso querido Franklin está concluindo em breve o 8º ano, aos dez anos de idade, o que é algo incrível. Nunca tivemos uma experiência desse tipo em nossa escola. Gostaria de saber o que vocês imaginam para ele daqui em diante.

Então, o Sr. Gregório disse:

— Desejamos que nosso filho curse normalmente a terceira fase, o ensino médio. Não temos intenção de tirá-lo da sua escola, queremos que ele continue por aqui.

A diretora perguntou:

— Vocês já pensaram em talvez deixá-lo estudar fora? Ele tem um enorme potencial e não temos muito mais a oferecer a ele.

O cônsul, analisando toda a conversa, decidiu dizer:

— Bem, diretora Camps, pensamos em, futuramente, levar o garoto para estudar em Londres, mas cremos que o momento ainda não seja oportuno. Gostaríamos que ele permanecesse aqui por mais uns dois anos e concluísse aos doze anos o nível pré-universitário. Depois, pensaremos numa alternativa.

— É uma ideia plausível, Sr. Rodhes — concordou a diretora. — Londres pode ser opção decisiva para o futuro do nosso garoto. Vamos mantê-lo, então, como nosso aluno nos próximos dois anos e assim dar-lhe o diploma de conclusão da terceira fase, ou ensino médio, como queiram chamar. Lembrem-se: no próximo ano ele irá estudar com adolescentes de quatorze e quinze anos, em média.

Então, a Sra. Gregório disse:

— Entendemos, Sra. Camps. Iremos orientá-lo da melhor maneira possível.

Após a reunião, os pais do pequeno Franklin agradeceram à Sra. Camps e voltaram para casa com o cônsul.

Ao chegarem em casa, viram que o pequeno Franklin estava cuidando da irmã Emily. O Sr. Gregório, olhando aquela cena linda dos dois filhos juntos, sentiu uma imensa felicidade, que infelizmente foi invadida por uma profunda tristeza, ao lembrar-se de que tinha pouco tempo para estar com eles. Todavia, ele não demonstrou a ninguém seus sentimentos, mas guardou-os para si.

No início de dezembro de 2006, o cônsul recebeu em sua casa os convites de casamento do filho Benjamin Rodhes. O filho enviara convites para toda a família do Sr. Gregório também e uma mensagem dizendo:

"Querido pai, amada mãe, sinto falta de vocês por aqui, mas em todos esses anos pude ver que a missão de vocês no Malauí foi algo especial e tenho orgulho de como vocês têm cuidado das coisas desde então. Peço que se esforcem para estar no meu casamento e que também tragam a nova família de vocês aí, pois também os considero parte da nossa família."

Após lerem as palavras do filho, o cônsul e a esposa se emocionaram e choraram por alguns instantes. Em seguida, conversaram sobre a possibilidade da ida do Sr. Gregório, que vinha se sentindo mal nos últimos dias.

Após alguns dias, terminaram as aulas do pequeno Franklin no 8º ano do Lilongwe Centro de Aprendizado, e o garoto agora poderia aproveitar as férias durante algum tempo. Em meados de dezembro, a Sra. Rodhes decidiu fazer uma visita à Sra. Gregório para ver a possibilidade de todos irem até Londres no casamento de Benjamin.

Chegando à residência da família Gregório, a Sra. Rodhes disse:

— Emma, vim, neste dia especial, convidá-los oficialmente para o casamento de nosso filho Benjamin em Londres. Será realizado em 20 de janeiro de 2007, ou seja, dentro de quatro semanas.

Então, a Sra. Gregório lhe explicou:

— Querida Beatrice, não posso garantir nossa presença, você sabe o que temos passado com os problemas do Johnson.

— Por isso mesmo eu vim hoje, sozinha, para falar a você em particular. Diga-me como o Johnson está. Sinto que ele tem estado triste ultimamente e um pouco isolado. Queremos poder ajudar — disse a Sra. Rodhes.

— Você tem razão, Beatrice. Meu marido não está bem. Tenho sentido ele deprimido há alguns meses. As únicas vezes em que o vejo sorrindo é quando ele está com as crianças. Sinto medo nele. Ele não fala muito, mas o que podemos fazer? — perguntou Emma.

A Sra. Rodhes, após ouvir o desabafo de Emma, pensou por alguns instantes e disse:

— Minha amiga, vou providenciar uma consulta com o Dr. Edward Sinc em Londres dias antes do casamento, para garantir que o Johnson esteja bem. Enquanto isso, você e as crianças se organizam e seguem comigo no dia quatorze.

Emma, então, disse:

— Obrigada, Beatrice. Talvez esta consulta possa dar uma nova esperança ao meu marido.

Assim, a Sra. Rodhes se despediu e voltou para casa. Após algumas horas, o pequeno Franklin retornou para casa com o pai, pois os dois haviam ido juntos ao mercado comprar algumas coisas.

Em casa, a Sra. Rodhes conversou com o marido e explicou o que falara com a Sra. Gregório naquele dia. O cônsul então providenciou uma nova consulta para o amigo Johnson com o Dr. Edward Sinc para o dia 10 de janeiro de 2007, dez dias antes do casamento do filho Benjamin.

No dia seguinte, decidiram ir falar com o Sr. Gregório sobre a consulta. Chegando à residência do amigo, o cônsul logo exclamou:

— Meu amigo Johnson, estava com saudades de você, por que não nos visita mais?

— Me desculpe, Franklin. Não tenho saído de casa ultimamente — respondeu o Sr. Gregório.

— Tenho uma notícia para você — disse o cônsul.

— Que notícia, Franklin? — perguntou Sr. Gregório.

— Beatrice e eu marcamos para você uma consulta com o Dr. Edward Sinc no dia 10 de janeiro de 2007, dez dias antes do casamento. Queremos você bem! — afirmou o cônsul.

Johnson mostrou-se um pouco insatisfeito com a notícia.

— O que mais eu faria lá, Franklin? O que o doutor poderá me dizer de diferente desta vez? Não quero ir, sem novas consultas — disse o Sr. Gregório.

Naquele momento, o cônsul pediu que a Sra. Gregório trouxesse as crianças e refletiu:

— Johnson, quanto vale uma hora para você com suas crianças? E um dia? E talvez um ano? Não valeria a pena conversar um pouco com o Dr. Sinc? Você não pode desistir, Johnson. Pense neles.

Nesse momento, o Sr. Gregório se emocionou, abraçou a esposa e os dois filhos e disse:

— Tudo o que eu mais quero é poder ter mais tempo com eles, Franklin.

— Eu sei disso, meu amigo. Então, não desista! Estarei com você! — encorajou-o o cônsul.

— Franklin, obrigado por não desistir de mim. Simplesmente não sei como agradecer — disse o Sr. Gregório.

— Não precisa, meu amigo. Estaremos sempre juntos — concluiu o cônsul.

Após aqueles momentos juntos, o cônsul e a esposa se despediram e partiram rumo à residência deles. O pequeno Franklin, então, disse ao pai:

— Você tomou a decisão correta, papai. Talvez haja uma esperança em Londres.

— Talvez haja, meu filho — disse o pai do garoto.

Após algumas semanas, chegara o dia da partida do Sr. Gregório para a consulta com o Dr. Sinc. O cônsul preparou a bagagem e acompanhou o amigo Johnson até Londres. Ele orientou a esposa Beatrice que levasse Emma e as crianças para a casa deles para que lá ficassem até a data da viagem, no dia quatorze.

Chegando em Londres, o cônsul foi recepcionado por um motorista particular chamado Mikel Lam. Em seguida, ele solicitou que fossem rumo ao Hospital de Londres para a consulta com o Dr. Sinc. Enquanto isso, em Lilongwe, Harold ficou à disposição da Sra. Rodhes.

Após alguns minutos de espera no hospital, o Sr. Gregório foi chamado para a consulta. Ao entrar no consultório, acompanhado pelo cônsul, o Dr. Sinc disse-lhes:

— Boa tarde, cavalheiros. Aqui estamos nós, após seis anos. Como você está, Sr. Gregório?

Então, o Sr. Gregório disse:

— Me sinto fraco, Dr. Sinc. Venho perdendo peso há algum tempo. Perdi o gosto pela vida. Minha única alegria é saber que meus filhos e minha esposa estão bem e que meu amigo Franklin está por perto.

— Deixe-me examiná-lo por alguns instantes — disse o médico.

O Dr. Sinc, então, passou um tempo avaliando o Sr. Gregório para verificar a situação. Após esse período, ele solicitou que voltassem no dia seguinte pela manhã e entregou uma ordem de exame para que o Sr. Gregório pudesse fazer exames de sangue e urina.

No dia seguinte, pela manhã, eles voltaram ao Hospital de Londres e o Sr. Gregório foi atendido por uma enfermeira que fez a coleta do sangue. Ele entregou a ela a amostra de urina e agradeceu. A enfermeira, então, lhes comunicou que, no dia seguinte, às 9 horas, eles poderiam retornar para que o paciente pudesse passar novamente pelo Dr. Sinc.

No dia 12 de janeiro, oito dias antes do casamento de Benjamin, eles retornaram ao hospital para que o Sr. Gregório pudesse se consultar novamente com o Dr. Sinc. Ao adentrar a sala do Dr. Sinc, o Sr. Gregório sentiu uma leve tonteira e quase desmaiou. Foi amparado pelo doutor e pelo cônsul, que o deitaram rapidamente.

O médico imediatamente verificou as condições do Sr. Gregório e pediu que o cônsul aguardasse alguns instantes enquanto ele e a equipe atendiam o paciente.

Passado algum tempo, o doutor chamou o cônsul e explicou-lhe a situação do Sr. Gregório:

— Sr. Rodhes, precisaremos internar o Sr. Gregório. Não posso liberá-lo enquanto o organismo não responder à medicação que estou passando.

Então, o cônsul perguntou:

— Entendo, doutor. Você tem alguma previsão para que eu possa me organizar e avisar a família?

— Pelo menos três dias, Sr. Rodhes — respondeu o Dr. Sinc.

Sendo assim, o cônsul agradeceu ao doutor e se retirou do hospital. Em seguida, ele ligou para a esposa em Lilongwe e contou todos os detalhes, e que o Sr. Gregório ficaria internado por algum tempo.

A Sra. Rodhes comunicou-lhe que estava tudo bem em Lilongwe e que a Sra. Gregório e as crianças já estavam com tudo pronto para a partida. Após conversar com o marido, a Sra. Rodhes, então, explicou a Emma o caso do esposo e pediu que ela não se preocupasse, pois ele estava sendo medicado.

O cônsul, em Londres, aproveitou para visitar os filhos e ajudar com alguns detalhes do casamento de Benjamin. Ao visitar Steven, o filho lhe contou muitas novidades, inclusive que estava negociando uma transferência para um grande clube inglês. O cônsul explicou aos filhos a situação do Sr. Gregório e pediu que tivessem compreensão caso ele não estivesse o tempo todo presente naquela ocasião tão importante.

Mais tarde, o cônsul retornou ao hospital para ver como estava o amigo Johnson. Chegando lá, eles conversaram por alguns instantes.

— Eu dou muito trabalho a você, meu amigo — disse o Sr. Gregório.

— Trate de ficar bom logo, isso sim! — respondeu o Cônsul.

Então, eles riram por alguns instantes, até que o Dr. Sinc chegou.

Rapidamente, o cônsul perguntou ao doutor sobre o estado de saúde do amigo Johnson.

O médico explicou:

— O sistema imunológico do Sr. Gregório está bastante debilitado, mostrando-se incapacitado para combater as doenças. Estou cuidando para que ele não desenvolva infecções respiratórias permanentes, caso contrário o quadro ficaria muito mais complexo.

— Entendo, doutor. Faça o possível, então, para que o Johnson possa se recuperar e ficar bem o quanto antes! — disse o cônsul.

Após alguns instantes, o cônsul chamou o médico em particular e disse:

— Doutor, o que digo para a esposa dele? Não posso dizer que está tudo bem...

— Caro Sr. Rodhes, o caso do Sr. Gregório é muito sério — disse o doutor. — Foi ótimo que você o tenha trazido aqui agora, pois em Lilongwe ele não receberia o tratamento que estou oferecendo e, provavelmente, dentro de uma semana ou duas ele já desenvolveria uma doença respiratória permanente que seria terminal. Não posso garantir por quanto tempo o organismo dele irá aguentar, mas, pela minha experiência e o que pude constatar no quadro atual, não posso garantir mais do que um ano de vida ao Sr. Gregório — acrescentou.

Nesse momento, o cônsul demonstrou um grande abatimento e revelou ao doutor:

— Eu fiz o que pude por ele, Dr. Sinc. Quero que ele possa estar com sua família mais tempo. Não conheci, em toda a minha vida, alguém que merecesse tanto uma vida digna e feliz como este homem. Nem sempre a vida age dessa forma, ela insiste em nos surpreender e mostrar que não sabemos de nada.

Após conversar com o médico, o cônsul foi para a casa do filho Steven, e o Sr. Gregório passou a noite dormindo no hospital, acompanhado de uma enfermeira e um médico de plantão.

Capítulo 8 – Destino

No dia 14 de janeiro de 2007, a Sra. Rodhes se preparava para a viagem com a Sra. Gregório e os filhos. Harold levou-os até o Lilongwe-Kamuzu Aeroporto Internacional. Exatamente às 6h15 eles partiram. Emma e os filhos viajavam de avião pela primeira vez e demonstravam muita ansiedade no voo. Beatrice, então, ajudou-os a relaxar. O pequeno Franklin, após alguns minutos, já tinha se adaptado e ficado tranquilo.

Enquanto eles viajavam, o cônsul permanecia no hospital acompanhando o amigo Johnson. No segundo dia de internação, o Sr. Gregório começou a sentir-se um pouco melhor, conseguiu alimentar-se e conversou por alguns instantes com o amigo Franklin, mas ainda não estava forte o suficiente para caminhar sozinho.

Ao findar da tarde, a esposa do cônsul e a família do Sr. Gregório estavam chegando ao Aeroporto de Heathrow. O motorista Mikel Lam os aguardava. Ao pousarem, partiram rapidamente para o Hospital de Londres para ver o Sr. Gregório.

O pequeno Franklin encantou-se com a neve de Londres, pois era inverno naquela época. Beatrice já os havia preparado para o frio daqueles dias e todos estavam bem agasalhados.

Chegando ao Hospital de Londres, lá estava o Sr. Gregório, acompanhado do amigo Sr. Rodhes, além do Dr. Sinc, que reavaliava o quadro do paciente. Logo que chegaram, todos se abraçaram. O pequeno Franklin emocionou-se ao rever o pai e o abraçou muito.

Já estava escuro, o relógio marcava 19h25. Após o reencontro, o cônsul explicou a todos o que o Dr. Sinc dissera e como o Sr. Gregório estava sendo medicado. Emma e o pequeno Franklin estavam muito preocupados com Johnson.

A Sra. Rodhes, então, disse à Emma:

— As crianças devem estar com fome. Vou levá-las à lanchonete que tem aqui perto e trago também um lanche para você.

— Está bem. Aguardamos você, ficarei aqui com meu marido — falou Emma.

O cônsul, então, acompanhou a esposa e as crianças até a lanchonete mais próxima, enquanto Emma permaneceu com o marido. No caminho até a lanchonete, o pequeno Franklin perguntou ao cônsul:

— Tio, você acha que meu pai vai ficar bom?

— Espero que sim, Franklin. Seu pai é forte, ele vai superar — respondeu o cônsul.

Em alguns instantes chegaram à lanchonete. Todos comeram e, após quarenta minutos, voltaram ao hospital e levaram um lanche para Emma. O Sr. Gregório recebia alimentação do hospital e tomava muito líquido para recuperar-se melhor.

Por volta das 21 horas, o cônsul solicitou ao motorista Mikel Lam que levasse a Sra. Gregório, Beatrice e as crianças até a residência do filho Steven, que ficava próxima ao Estádio White Hart Lane.

Emma então disse:

— Franklin, vá, por favor, com sua esposa e as crianças. Eu passarei a noite aqui com meu marido. Você já o está acompanhando há alguns dias, descanse um pouco.

— Tudo bem, Emma. Sua companhia será importante para a recuperação do Johnson — respondeu o cônsul.

Após se despedirem, o cônsul partiu com a esposa e as crianças para a residência do filho Steven. No dia seguinte, segunda-feira, 15 de janeiro de 2007, todos levantaram bem cedo e foram ao hospital ver como o Sr. e a Sra. Gregório haviam passado a noite. O Sr. Gregório conseguiu levantar-se e conversar por alguns minutos.

A Sra. Rodhes, então, pediu licença e se retirou para auxiliar o filho Benjamin e a nora Liz Hudg em alguns detalhes do casamento, que se realizaria no sábado seguinte, dia 20 de janeiro de 2007.

O Dr. Sinc disse a eles que o Sr. Gregório deveria permanecer internado por mais alguns dias e que, assim que retornasse a Lilongwe, deveria continuar se tratando para que pudessem pelo menos tentar controlar ao máximo os sintomas que ele vinha apresentando.

Sendo assim, Emma permaneceu com o marido no hospital, e o cônsul saiu com o pequeno Franklin para mostrar-lhe um pouco da cidade. Os dois passearam durante todo o dia e o cônsul explicou muitas coisas sobre a cidade, sobre a história e sobre as pessoas da região, já preparando o pequeno Franklin para um possível futuro ali.

O cônsul, então, foi até a Universidade de Londres e mostrou-a ao pequeno Franklin.

— Que lugar maravilhoso, tio Franklin. O senhor estudou aqui? — disse o garoto.

Então, o cônsul respondeu:

— Não, pequeno Franklin. Eu estudei em uma outra instituição, na Universidade do Rei de Londres, mas meu filho

Benjamin se formou aqui, e um dia quero que você também estude nesta universidade.

— Obrigado, tio Franklin. Já sei o que quero estudar quando estiver concluído o ensino médio no Lilongwe Centro de Aprendizado — afirmou o garoto.

Então, o cônsul perguntou:

— O que você pretende estudar?

— Biomedicina, tio. Estudarei "o campo de interface entre a Biologia e a Medicina, voltada para a pesquisa de doenças humanas", conforme li em um livro. Dessa forma, um dia, eu poderia talvez ajudar meus pais e as pessoas do meu país — respondeu o garoto.

Então, o cônsul disse:

— Que bom, Franklin. É uma grande responsabilidade! Tenho certeza de que você será lembrado como um dos maiores biomédicos do mundo. Nesse caso, então, acho melhor que você estude na Universidade do Rei de Londres, assim como eu, pois lá há uma das melhores graduações do mundo na área que você deseja.

— Espero que sim, tio, por isso já estou estudando essa área, pois quero muito ser um bom biomédico um dia. Seria um sonho estudar nesta universidade um dia, posso conhecê--la também? — respondeu o menino, empolgado.

— Claro. Vamos até lá — chamou o cônsul.

Ao chegarem à Universidade do Rei de Londres, o pequeno Franklin ficou encantado com a beleza e a elegância do local.

Então, o cônsul explicou:

— Esta Universidade foi fundada pelo rei George IV e pelo duque de Wellington em 1829. É uma das instituições mais antigas e tradicionais da Inglaterra, pequeno Franklin.

— Sem dúvidas eu quero vir para cá, tio Franklin. Meus pais ficariam muito felizes se eu conseguisse — disse o garoto.

— Claro que você irá conseguir! Todos ficaremos orgulhosos de você. Esta universidade tem quase vinte mil estudantes, um quarto deles vem de outros países, então você poderá, sim, ser um deles.

Após apresentar a universidade ao pequeno Franklin, o cônsul aproveitou para mostrar-lhe o rio Tâmisa e as atrações turísticas que existiam ali perto.

Depois do passeio, eles retornaram ao Hospital de Londres para rever o Sr. Gregório.

Então, o garoto Franklin contou ao pai:

— Pai, o tio Franklin me mostrou a cidade e a universidade onde ele estudou. O Sr. precisa ver, pai! É um sonho.

O Sr. Gregório, então, olhou para a esposa e sorriu. Em seguida, disse:

— Se este é o seu sonho, meu filho, não desista dele. Todos queremos o melhor para você. O tio Franklin disse que nos ajudaria, que cuidaria de você e até hoje ele tem feito muito mais do que merecemos, então eu tenho certeza de que um dia você poderá, sim, estudar numa grande universidade aqui no Reino Unido.

Assim todos passaram mais um dia juntos, enquanto o Sr. Gregório recebia atendimento do Dr. Sinc e sua equipe.

Durante toda a semana, permaneceram juntos, e quando possível o cônsul também auxiliava a esposa nos detalhes do casamento do filho Benjamin. Na quinta-feira, dia 18 de janeiro de 2007, Benjamin, o noivo, foi até o Hospital de Londres para visitar o Sr. Gregório e família.

Chegando lá, ele foi recebido pelo pai, o Sr. Rodhes. O cônsul, então, conduziu o filho até o quarto do Sr. Gregório.

Ao rever o Sr. Gregório, Benjamin ficou muito feliz e o abraçou. Cumprimentou toda a família e desejou melhoras a Johnson.

— Bom, pessoal, preciso me encontrar com a Liz para fecharmos os últimos detalhes do casamento. Só faltam dois dias. Quero todos vocês lá, OK? — disse Benjamin, antes de ir embora.

Então, o pequeno Franklin questionou:

— Por isso você está tão nervoso?

Benjamin respondeu:

— Eu não estou nervoso. Talvez um pouco ansioso. Pareço nervoso?

Todos riram.

Sendo assim, Benjamin partiu, e a Sra. Rodhes o acompanhou para auxiliá-lo naquilo que fosse necessário.

No dia seguinte, sexta-feira, 19 de janeiro de 2007, o Dr. Sinc deu alta ao Sr. Gregório e explicou ao cônsul a nova medicação que seria necessária acrescentar ao tratamento do paciente. Durante os dias em que esteve internado, ele recebera um tratamento muito especial, todo custeado pelo cônsul.

Feliz pelo fato de o amigo estar se sentindo melhor e poder ir ao casamento de Benjamin, o cônsul levou Johnson e o pequeno Franklin para escolherem um *smoking* e estarem bem apresentáveis na festa.

A Sra. Rodhes providenciou um vestido muito bonito para Emma e para a pequena Emily. Ainda na sexta-feira, todos saíram para jantar juntos e o Sr. e a Sra. Gregório ficaram encantados com a cidade e os locais que conheceram, tudo era maravilhoso. Feliz por estar sentindo-se melhor, Johnson disse:

— Franklin, eu realmente gostaria que meu filho viesse buscar um futuro melhor aqui. Você já tem feito tanto por nós, não me sinto no direito de pedir mais, mas, se eu não estiver mais aqui um dia, peço que você conduza meu filho por mim, num caminho de luta e esperança, e que ele nunca venha a se esquecer de onde saímos.

Atento às palavras do Sr. Gregório, o cônsul então o acalmou:

— Fique tranquilo, meu amigo. Tudo o que eu puder fazer para contribuir para o futuro do nosso garotão eu farei.

Aqueles momentos foram inesquecíveis para todos eles, todos conversaram e riram bastante, estavam realmente muito felizes por tudo que estavam vivenciando juntos. Ao findar da noite, todos partiram para a casa de Steven, o filho mais novo do cônsul. O dia seguinte seria um dia muito especial; enfim, chegara a data tão aguardada por todos: o casamento de Benjamin.

No sábado, 20 de janeiro de 2007, amanhecia um novo dia em Londres. E esse amanhecer não era apenas para o casal do dia, mas algo estava reservado para outra pessoa também. Naquela manhã fria, os corações estavam quentes, cheios de esperança e amor. À tarde, chegara, enfim, a hora da cerimônia de casamento, que se iniciou às 15 horas na Catedral de São Paulo, em Londres.

Muitas pessoas estavam presentes, a família da noiva, os parentes do noivo, os amigos de cada um. Pessoas importantes da cidade também estavam presentes, e a cerimônia foi muito bonita e organizada. Todos se encantaram ao ver a entrada da noiva, Srta. Liz Hudg, que daquele momento em diante seria chamada de Sra. Rodhes.

Beatrice ficou emocionada ao entrar com o filho na cerimônia, o Sr. e a Sra. Gregório ficaram felizes pelos amigos e o pequeno Franklin observava todos os detalhes e se encantava com a beleza da cada pedaço da catedral.

Terminada a cerimônia, os noivos receberam os cumprimentos e partiram para a grande festa, que seria realizada num belo salão próximo à Catedral de São Paulo. Ao chegarem ao local da festa, o pequeno Franklin decidiu passear e conhecer cada ambiente. Os pais dele ficaram sentados, juntos, um pouco inibidos pelo *glamour* que havia ali. O cônsul e Beatrice receberam os cumprimentos e deram total assistência aos convidados.

Após alguns instantes, Beatrice convidou Emma para conhecer o local e também algumas pessoas da família. O cônsul fez o mesmo com o amigo Johnson, apresentando-o a vários amigos britânicos e familiares.

Voltando do passeio pelo salão, o pequeno Franklin viu algumas crianças brincando e se aproximou. Ali estavam filhos de convidados e parentes do casal. Ao aproximar-se para conversar com as outras crianças, o pequeno Franklin ouviu de um deles:

— O que você faz aqui, seu negrinho? Saia daqui!

Muito triste com o que ouvira, o pequeno Franklin, então, partiu rumo ao salão central. Junto às crianças estava Erin Fall, filha de um renomado biomédico da cidade, o Dr. Philip Fall, responsável pelo curso de ciências biomédicas da Universidade do Rei de Londres. Ele era amigo do cônsul desde a juventude, os dois se conheceram na época da faculdade.

Erin, vendo que o pequeno Franklin havia ouvido o que um dos garotos dissera, correu atrás dele e se desculpou:

— Oi, desculpe pelo que meu amigo disse!

O pequeno Franklin respondeu:

— Oi. Está tudo bem, não foi você quem falou mesmo.

— De onde você é? — perguntou a garota.

— Sou de Lilongwe, no Malauí — respondeu o pequeno Franklin. — Vim com o Sr. Rodhes para o casamento do filho dele.

Então, a garota disse:

— E como vocês conheceram o Sr. Rodhes?

— É uma longa história, posso contar se quiser — respondeu o garoto.

Os dois, então, se sentaram e conversaram por um longo período. O pequeno Franklin contou toda a história deles no Malauí, a vida que levavam e a amizade que tinham com o cônsul.

Erin também lhe contou sobre sua vida, que seu sonho era um dia ser uma biomédica, assim como o pai. Contou como era a vida em Londres e seus gostos pessoais.

O pequeno Franklin, então, disse:

— Que coincidência! Meu sonho também é ser biomédico. Venho estudando muito sobre isso há algum tempo.

— Mas você tem apenas dez anos, não é? — perguntou a garota.

— Sim — respondeu o pequeno Franklin, com um sorriso no rosto.

Então, a garota explicou:

— Eu tenho doze anos, quero estudar na Universidade do Rei de Londres, assim como meu pai.

O pequeno Franklin, então, explicou a ela tudo que já havia estudado sobre biomedicina, medicina, entre outras coisas, e a garota ficou impressionada com a inteligência dele, pois sempre imaginava a África de uma maneira peculiar, com pessoas pobres e sem estudo.

Todavia, Erin era uma criança humilde, apesar do *status* que a família e ela possuíam.

Emma, ao sentir falta do filho na festa, começou a procurá-lo. Ao vê-lo com Erin, se aproximou e disse:

— Franklin, o que faz aqui?

— Conheci uma amiga, mãe. O nome dela é Erin Fall. O pai dela é um biomédico — respondeu o menino.

Então, Emma disse:

— Que bom, meu filho. Fique por perto, está bem? Estarei com seu pai no salão central. Não demore.

— Tudo bem, mãe — obedeceu o garoto.

Sendo assim, Emma se despediu deles e retornou ao salão central para se encontrar com o marido, que estava, nesse momento, conversando com o cônsul e Beatrice, além do casal Benjamin e Liz Rodhes.

Capítulo 9 – Coração

Nesse momento, o celular do cônsul tocou. O primeiro-ministro britânico, na linha, disse:

— Sr. Rodhes, tenho uma notícia nada agradável. Sei que está numa ocasião privada e especial, porém necessito da sua urgente atenção por alguns instantes.

Preocupado, o cônsul então pediu licença a todos e se retirou para um ambiente mais calmo:

— Sim, senhor primeiro-ministro, o que houve?

— Acaba de ocorrer, neste exato momento, um ataque ao Consulado Britânico em Lilongwe. Temos mortos e feridos entre os funcionários.

Tenso com a informação que acabara de receber, o cônsul perguntou:

— Qual foi o motivo desse ataque, primeiro-ministro? Quem são as vítimas? Não posso acreditar nisso! Já é sábado à noite, havia funcionários no local?

— A informação que tenho neste instante é a de que dois de nossos guardas foram abatidos. Infelizmente, a conselheira Morgan Stuart, a consulesa-geral adjunta, estava passando para pegar alguns papéis referentes a uma palestra beneficente que ela realizaria amanhã, foi baleada e faleceu — respondeu o primeiro-ministro.

— Não posso acreditar — disse o cônsul, horrorizado.

Então, o primeiro-ministro continuou dizendo:

— Harold, o motorista que se colocou à disposição para levar a Sra. Stuart, está em estado grave e foi levado neste instante para o Nkhoma Hospital. Foi o ataque de um grupo rebelde. Acreditamos que foram contratados para este atentado ao Consulado como forma de manifestação contrária às negociações que estão sendo feitas entre o Reino Unido e o Malauí.

— Preciso retornar imediatamente — afirmou o cônsul.

Então, o primeiro-ministro concluiu, dizendo:

— Já providenciamos um voo para você partir em quarenta minutos. As vítimas não estavam previstas neste ataque, ele foi planejado para este sábado à noite justamente para coincidir com um horário de não funcionamento da embaixada. Infelizmente, ao verem que havia funcionários no local, eles atiraram. Os investigadores já estão acompanhando o caso. A televisão está a caminho do local também neste momento para fazer a cobertura.

— Estou a caminho, primeiro-ministro. Mikel Lam está à minha disposição neste instante para me levar até a área de embarque. Estou chocado com este acontecimento. Tentarei acompanhar algumas imagens pela televisão — disse o cônsul.

Ao finalizar a chamada, o cônsul retornou ao salão e disse à esposa e aos demais que estavam reunidos naquele instante:

— Pessoal, tenho um assunto diplomático muito sério para resolver no Malauí. Houve um ataque à embaixada e alguns de nossos funcionários foram assassinados. O primeiro-ministro acaba de me ligar passando as informações e já tenho um voo preparado que partirá dentro de trinta e cinco minutos.

Então, Beatrice disse:

— Vou com você, Franklin. Irei acompanhá-lo.

— Não, Beatrice. Fique, por favor, mantenha-se tranquila, cuide dos convidados e permaneça por alguns dias com a Sra. Gregório e sua família até que tenhamos resolvido a situação. Vocês estarão mais seguros aqui neste momento — completou o cônsul.

Após a explicação, o cônsul se despediu e partiu com o motorista Mikel Lam para o local do embarque. Chegando lá, havia dois agentes que o acompanhariam durante a viagem e na volta a Lilongwe, por motivos de segurança.

Enquanto o cônsul partia para Lilongwe, Beatrice, Benjamin e a esposa, Liz, Steven e o Sr. e a Sra. Gregório assistiam no noticiário aos detalhes do ataque.

O noticiário dizia:

— Ataque à Embaixada Britânica em Lilongwe. Acredita-se que o ataque tenha sido motivado por assuntos políticos. Até o momento foram constatadas quatro vítimas do ataque. Três estão mortas e outra está em estado grave e foi conduzida ao Nkhoma Hospital.

Ao verem o nome de Harold no noticiário, todos ficaram muito tristes, pois o consideravam um grande amigo. Em todos os anos do cônsul em Lilongwe, Harold esteve presente prestando seus serviços. Dessa forma foi criada uma grande amizade entre eles. A família Gregório também se entristeceu muito, pois conhecia Harold havia vários anos e sempre fora muito bem tratada por ele.

O pequeno Franklin continuava a conversar com Erin Fall e sequer sabia o que estava ocorrendo naquele momento. Após acompanharem as informações transmitidas no noticiário, todos retornaram à festa e agiram normalmente, como se nada tivesse acontecido.

O pai de Erin, então, chamou a filha para irem embora. Ao vê-la com o pequeno Franklin, perguntou:

— Quem é este, Erin?

— Este é Franklin Martin Gregório, pai, ele é do Malauí. A família dele é amiga do Sr. e da Sra. Rodhes — disse a garota.

— Muito prazer — cumprimentou o Dr. Philip Fall, apertando a mão do garoto.

Erin, então, disse ao pai:

— Pai, ele também quer ser um biomédico, assim como eu.

— É verdade? — questionou o pai de Erin em tom de brincadeira.

O pequeno Franklin disse-lhe:

— Sim, Sr. Fall, este é meu grande sonho, pois a "Biomedicina é a ciência que conduz estudos e pesquisas no campo de interface entre a Biologia e a Medicina, voltando-se à pesquisa das doenças humanas", e isso é o que mais me motiva a querer esta profissão.

Erin, então, brincou dizendo:

— Ah, pai, havia esquecido de mencionar. Ele é um garoto muito inteligente. Aprendi muito com ele enquanto conversávamos.

— Não sabia que Malauí havia se desenvolvido tanto. Quantos anos você tem, garoto? — impressionado, perguntou o doutor.

— Tenho dez anos — respondeu o pequeno Franklin. — O senhor deve saber que em meu país muitas pessoas sofrem com o vírus HIV, inclusive minha família é uma das que sentem na pele este problema. Meu sonho é um dia estudar muito, cursar uma universidade e tentar descobrir as causas desta e de outras doenças humanas. Quero "entender seus fatores ambientais e ecoepidemiológicos, com a intenção de encontrar suas causas, mecanismos, prevenção, diagnóstico e tratamento", assim como eu li em um livro — concluiu o garoto.

Feliz com o que acabara de ouvir do garoto, o Dr. Fall disse-lhe:

— Sei o lugar perfeito para você, garoto: a Universidade do Rei de Londres. Acho que preciso bater um papo com meu amigo Franklin. Desde que ele foi para o Malauí, quase não tivemos oportunidade de nos falar, mas creio que agora tenho um bom motivo.

O pequeno Franklin, então, abriu um sorriso e agradeceu:

— Muito obrigado, Dr. Fall. Foi um prazer conhecer o senhor!

Erin olhou para o pequeno Franklin e deu-lhe um abraço.

— Espero vê-lo em breve, Franklin — despediu-se a garota.

Assim, Erin e o pai se despediram do pequeno Franklin e saíram. O garoto ficara encantado com a garota que acabara de conhecer e já se imaginava estudando na Universidade do Rei de Londres. Como seus pais ficariam orgulhosos dele.

Ao retornar para o Salão Central, o pequeno Franklin encontrou os pais com a Sra. Rodhes e disse:

— Olá, pessoal!

Ao reparar certa apreensão e ansiedade neles, o garoto perguntou:

— Está tudo bem, pai?

O Sr. Gregório, então, passou alguns minutos explicando ao filho os detalhes do que acontecera no Consulado e da viagem urgente que o cônsul precisara fazer. Ao saber que Harold estava entre a vida e a morte, o garoto chorou muito e não se consolou, pois conhecia Harold desde muito pequeno e o considerava um grande amigo.

Enquanto eles agradeciam e se despediam de todos os convidados, o cônsul se aproximava de Lilongwe. No avião, ele pensava muito no ocorrido e no que deveriam fazer daquele momento em diante, pois se preocupava com a sua segurança e a de sua família.

Terminada a festa, Beatrice conduziu a família Gregório à casa de Steven. Todos passaram a noite ali, apreensivos, aguardando notícias do Sr. Rodhes.

Ao chegar a Lilongwe, pela madrugada, o cônsul ligou para a esposa e avisou que chegara bem e que, assim que tivesse maiores notícias, informaria todos. Beatrice então, disse orientou a todos que ficassem tranquilos, aguardando por maiores informações.

Em Lilongwe, antes mesmo de chegar à embaixada, o cônsul solicitou que fossem até o Nkhoma Hospital para que ele pudesse ver Harold.

Chegando ao hospital, o cônsul logo perguntou ao atendente:

— Olá, gostaria de obter informações sobre o paciente Harold, que entrara na última noite após ser baleado no ataque ao Consulado.

— Senhor, o paciente encontra-se neste momento na sala de cirurgia. Peço que aguarde alguns instantes até que possamos lhe dar maiores informações. O Dr. Phallman está conduzindo a operação. É o nosso melhor cirurgião, mantenha-se calmo, por favor. A família do paciente também está a caminho — disse o atendente.

Então, o cônsul disse:

— Calmo? Como posso ficar calmo? Por favor, me informe o quadro exato dele.

— Tais informações só podem ser passadas pelo médico. Demos entrada no paciente em coma, após ter levado dois tiros, sendo um no peito e um no braço — respondeu o atendente.

Muito nervoso, o cônsul não conseguia se acalmar. Andava de um lado para outro pensando no que aconteceria ao amigo Harold. Após aguardar trinta e cinco minutos, o Dr. Phallman se aproximou e perguntou:

— O senhor é parente do paciente?

— Sou um amigo. O Harold presta serviços para mim há alguns anos. Eu estava em Londres e vim o mais rápido que pude. A família dele é de Manchester. Já estão a caminho neste momento — disse o cônsul.

O doutor explicou ao cônsul:

— Senhor, infelizmente não trago boas notícias. O paciente não resistiu à cirurgia e veio a óbito. Fizemos tudo o que podíamos. Sentimos muito.

Após receber a notícia do Dr. Phallman, o cônsul ficou sem palavras por alguns instantes e as lágrimas começaram a descer por seu rosto. Naquele momento, o cônsul se lembrou de quando conheceu o amigo Harold, há tantos anos, em Londres e de quando o convidou para trabalhar com ele em Lilongwe.

O cônsul, então, disse ao médico:

— Dr. Phallman, por favor, explique-me exatamente o que ocorreu. Precisamos avisar a família dele. Eles são de Manchester e estão a caminho.

— O paciente levou dois tiros: um no braço e um no peito esquerdo. Infelizmente, o tiro acertou o coração e não conseguimos salvá-lo — disse o médico. — O paciente resistiu muito durante a noite, pois um ferimento dessa magnitude geralmente leva a pessoa a óbito instantâneo. Seu amigo foi forte, porém não resistiu ao processo cirúrgico — completou.

Após conversar com o Dr. Phallman, o cônsul se sentou e chorou por alguns momentos. A tristeza o dominou e aquele foi um dia terrível para ele. Do êxtase de ver seu filho se casando à perda de um grande amigo, tudo em poucas horas. Após se recompor, o cônsul providenciou contato com a família de Harold, e todos ficaram muito amargurados com a notícia, pois Harold estava fora de casa há muitos anos prestando serviços em Lilongwe e era um homem jovem: tinha apenas 38 anos de idade.

Em seguida, o cônsul ligou para Beatrice em Londres e contou todo o ocorrido. Infelizmente, haviam perdido Harold. Ao receber a notícia, a Sra. Rodhes e todos que estavam com ela choraram muito.

No fim da tarde, a família de Harold chegou a Lilongwe. O cônsul deu a eles toda a assistência necessária e providenciou os detalhes do velório. Naquele dia foram velados todos os funcionários do Consulado que haviam falecido: os dois guardas, a consulesa-adjunta e Harold, o motorista. Estiveram presentes os familiares, amigos e personalidades como o Sr. Jules Baltman, prefeito de Lilongwe.

No dia seguinte, o cônsul organizou com seu pessoal

todo o processo de traslado do corpo de Harold de Lilongwe para Manchester. A família solicitou que Harold fosse enterrado em sua cidade natal, Manchester, na Inglaterra.

Em Londres, sem ter podido participar do velório de Harold, a Sra. Rodhes, os filhos dela, o Sr. e a Sra. Gregório e o pequeno Franklin foram até Manchester prestar sentimentos à família e se despedir de Harold no enterro dele.

Todos choraram bastante. No fim do dia, retornaram a Londres e lá permaneceram durante uma semana, até que o cônsul e o governo britânico organizassem toda a situação em Lilongwe. Durante essa semana, o Consulado foi reformado, os investigadores trabalharam no fechamento do caso do atentado e o cônsul foi o tempo todo acompanhado por agentes, por motivos de segurança.

Capítulo 10 – Horizontes

Todos os dias Beatrice conversava com seu marido que lhe contava o que ocorria em Lilongwe. Durante a estada em Londres, Steven resolveu levar o pequeno Franklin para se distrair um pouco em um treino do time em que jogava, o Tottenham Hotspur. O garoto se divertiu bastante, porém todos percebiam que ele ainda sentia muito a perda do amigo Harold.

Ao iniciar o mês de fevereiro de 2007, as investigações foram concluídas, e o cônsul orientou então que a esposa, Beatrice, retornasse a Lilongwe com a família Gregório. As investigações apontavam três homens como os responsáveis pelo ataque naquela noite de 20 de janeiro de 2007, e todos foram presos.

Naquela semana foi realizado um evento na capital homenageando a Sra. Morgan Stuart, que realizaria uma palestra beneficente no dia seguinte ao ataque. Todas as demais vítimas também foram lembradas. O cônsul foi o responsável pela organização do evento e se emocionou muito com todos os colegas e familiares das vítimas.

Na segunda-feira, dia 5 de fevereiro de 2007, Beatrice se despediu dos filhos em Londres e retornou a Lilongwe com a família Gregório. Ao chegarem, foram recebidos com muita alegria pelo cônsul, que sentia muita saudade de todos, especialmente da esposa.

O cônsul passara algumas horas contando a todos tudo o que havia ocorrido naquelas semanas conturbadas e as medidas de segurança que seriam tomadas daquele dia em diante. Por causa da perda do grande amigo Harold, o cônsul providenciou a contratação de Mikel Lam, que se mudou de Londres para Lilongwe para prestar serviços ao cônsul e ao Consulado em geral.

Após alguns dias, as aulas do pequeno Franklin retornaram no Lilongwe Centro de Aprendizado, onde ele agora estudava com adolescentes de quatorze a quinze anos no ensino médio. O Sr. Gregório e a esposa, Emma, continuaram seguindo a nova medicação e o tratamento passado pelo Dr. Sinc.

Após algumas semanas, o Dr. Philip Fall ligou para o amigo cônsul.

— Boa tarde, meu amigo Franklin, como vai você? — disse o doutor.

— Estou bem, Philip, obrigado — respondeu o cônsul.

— Foi uma pena não ter podido conversar direito com você no casamento, Franklin. Depois fiquei sabendo de todo o ocorrido. Sinto muito pelas pessoas que você perdeu — complementou o doutor.

Então, o cônsul agradeceu:

— Obrigado, Philip. Foram momentos complicados, creio que agora as coisas estejam se ajeitando novamente.

Após alguns momentos de conversa, o Dr. Philip Fall contou todas as novidades de Londres e como estava o trabalho como coordenador do curso de ciências biomédicas da Universidade do Rei de Londres, até que disse:

— Meu amigo, conheci o garoto Franklin Gregório no casamento e prometi a ele que ligaria para você para falarmos um pouco sobre o futuro dele. Fiquei impressionado com o conhecimento que ele demonstrou em poucos minutos de conversa que tivemos.

Após ouvir atentamente o Dr. Fall, o cônsul lhe disse:

— Que grande coincidência vocês terem se conhecido. Naquela mesma semana eu havia mostrado a ele a Universidade do Rei de Londres, onde ele demonstrou muito interesse em estudar um dia. O garoto é incrível, Dr. Fall! Eu o tenho como membro da minha família e farei de tudo para que ele consiga alcançar este sonho.

— Muito bom, Franklin, fico feliz. Estou à disposição para ajudar naquilo que for preciso, e quem sabe um dia ele não possa ser meu estagiário no laboratório de biomedicina da Universidade? Ele me disse que tem dez anos, está um pouco jovem ainda, mas dentro de alguns anos eu realmente gostaria de iniciá-lo na profissão — disse o doutor.

O cônsul, então, agradeceu:

— Com certeza, Philip, eu lhe agradeço de coração. Apesar de ter dez anos, este garoto tem um conhecimento imenso. Posso contar a você um pouco da história dele e de sua família. Você gostaria de ouvir?

— Sem dúvida, Franklin! Fique à vontade.

O cônsul, então, passou alguns minutos explicando toda a história do garoto e dos pais e como ele os conhecera, há pouco mais de dez anos, quando o menino ainda era apenas um bebê. Contou detalhes sobre a doença e o tratamento que todos faziam e sobre a preocupação do garoto com relação à saúde do pai, principalmente.

Após ouvir o relato do cônsul, o Dr. Fall disse:

— Que história linda, Franklin! Estou emocionado, fico feliz que você tenha ajudado essas pessoas. Muitas vezes eu me fecho no meu escritório, dentro da Universidade, e acabo me esquecendo de que temos um mundo tão grande à nossa volta e tantas pessoas necessitadas de um simples apoio para serem alguém na vida. Meus parabéns, meu amigo!

O cônsul, então, agradeceu e se despediu do amigo Dr. Philip Fall. No dia seguinte, decidiu visitar o pequeno Franklin e contar a ele a novidade. Chegando à casa da família Gregório, disse:

— Sabe quem me ligou ontem à tarde, Franklin?

O garoto, então, completou:

— O pai da Erin? O Dr. Fall?

O cônsul sorriu e respondeu:

— Ele mesmo! Conversamos bastante a seu respeito.

— O que vocês conversaram, tio Franklin? O que o doutor disse? Ele deu notícias da Erin? — perguntou o garoto.

O cônsul passou, então, alguns momentos explicando ao pequeno Franklin tudo o que ele havia conversado com o amigo Philip e as novidades de Londres. O garoto já sentia saudades da amiga Erin Fall e imaginava cada vez mais como seria viver em Londres e estudar na Universidade do Rei de Londres.

Com isso, passaram-se alguns meses. Em julho de 2007, a pequena Emily completava o segundo aniversário, e todos comemoraram, muito felizes. A pequena Emily já corria para todo lado, brincava, se divertia e também se mostrava muito esperta desde novinha.

Foi quando o pequeno Franklin ligou para Erin, a amiga de Londres, e contou a ela todas as novidades do Malauí. Erin também lhe contara como estava a vida em Londres.

— Venha nos visitar em breve, Franklin. Estamos com saudades — disse Erin.

O pequeno Franklin, então, completou:

— Espero que eu possa visitar vocês em breve, Erin. Também sinto saudades. Mande um abraço para o seu pai, por favor.

Então, eles se despediram e o pequeno Franklin anotou todos os contatos de Erin para que eles pudessem sempre se falar via internet. Daquele dia em diante eles se falavam praticamente todos os dias, e assim foi se criando um grande laço entre eles.

Em setembro de 2007, o pequeno Franklin completava mais um ano de vida, chegando agora aos onze anos de idade. A cada dia ele estudava mais e mais, dedicava-se como nunca aos estudos e se preparava para realizar o sonho de, no futuro, ser um biomédico. No fim daquele ano, Franklin concluiu o curso de informática com o qual o cônsul lhe presenteou.

Ele continuou nas aulas de natação e, sempre que possível, praticava golfe com o cônsul no Lilongwe Golfe Clube. O cônsul sempre buscava orientá-lo, sendo uma espécie de segundo pai para ele, sempre querendo o melhor para o garoto. O Sr. Gregório, ao ver o cuidado tão especial do amigo cônsul para com o pequeno Franklin, se sentia muito feliz e agradecia a Deus tudo o que seu filho estava vivendo nos últimos anos e os rumos que a vida dele tomava.

No fim de dezembro daquele ano, o cônsul decidiu viajar para Londres com a esposa e passar alguns dias com os filhos. Ele, então, convidou a família Gregório para acompanhá-los nesse passeio, pois o pequeno Franklin já estava de férias na escola. Todavia, o Sr. Gregório não vinha se sentindo bem há alguns dias, preferindo permanecer em Lilongwe com a família.

O Sr. Gregório, então, disse ao pequeno Franklin:

— Meu filho, se você quiser ir com o tio Franklin, pode ir.

O garoto respondeu:

— Não, pai, ficarei aqui com o senhor.

— Não se preocupe com o pai, Franklin — disse o Sr. Gregório. — Estou apenas um pouco fraco, não perca essa viagem. Aproveite para rever sua amiga Erin — completou.

— Pai, eu gostaria muito de ir, mas prefiro ficar com o senhor, com a mamãe e a Emily para passarmos juntos este fim de ano. Não vou deixá-los, pai — disse o garoto.

O cônsul, então, se despediu deles e disse que em breve estaria de volta. Beatrice também abraçou todos e se despediu. Durante aqueles dias, o cônsul pôde rever os filhos e teve uma ótima notícia: seria avô. Liz Hudg, esposa do filho Benjamin, estava grávida.

Na virada do ano, Emma pediu que o pequeno Franklin fosse até o mercado para comprar alguns alimentos, para que ela pudesse preparar algo especial para eles naquela noite.

O pequeno Franklin, então, saiu rumo ao mercado, conforme a mãe lhe orientara.

Chegando ao mercado, o menino se deparou com uma enorme quantidade de pessoas, e assim ele foi andando de loja em loja até comprar tudo o que a mãe lhe pedira.

Ao sair do mercado, o pequeno Franklin presenciou uma cena muito triste. Uma senhora, muito necessitada, estava sozinha do lado de fora do mercado, e o garoto observou que ela não tinha nada e decidiu ajudá-la.

— Olá, senhora, tudo bem? — perguntou o garoto, ao se aproximar da senhora.

Então, ela disse:

— Olá, garoto. Tudo bem e com você?

— Tudo bem. Vejo que a senhora precisa de ajuda — respondeu o garoto.

— Esta é minha vida, garoto. Vivo das migalhas deixadas pelos outros — revelou a senhora.

— Bem, não tenho muito aqui, mas gostaria que ficasse com estes alimentos. A senhora tem família? — disse o pequeno Franklin, muito comovido com a situação.

— Não tenho ninguém. Vivo na rua à espera de ajuda e, brevemente, da morte, pois estou doente — respondeu a senhora.

O garoto, então, disse:

— Venha comigo. Passe a virada de ano comigo e com minha família. Vou aproveitar para cuidar da senhora, pois tenho alguns curativos e medicamentos em casa.

— Não, meu filho, não quero incomodar. Não se preocupe comigo — complementou a senhora.

— Não irá incomodar. Venha, vamos — concluiu o pequeno Franklin.

Ele ajudou a senhora a se levantar e os dois foram conversando até chegarem à casa do garoto.

Quando eles chegaram, o pequeno Franklin chamou a mãe e disse:

— Mãe, trouxe uma visita. Conheci a Sra. Lullita no mercado e a convidei para passar esta noite conosco.

Quando a mãe do garoto viu a Sra. Lullita, ela não acreditou e perguntou:

— Lullita, é você? Não posso acreditar, perdemos o contato por tantos anos.

O pequeno Franklin, sem entender a situação, apenas

observava as duas se abraçando e chorando.
A Sra. Lullita, então, disse:
— Emma, que saudades de você, minha amiga! Você tem um lindo filho.
Naquele momento, o Sr. Gregório também se aproximou e todos se reuniram e começaram a conversar por várias horas.
Emma contara a Lullita tudo o que lhes acontecera nos últimos anos, e Lullita também lhes contou os rumos que a vida dela tomara.
Agora com 42 anos, Lullita não via Emma há cerca de doze anos, desde que se mudara com o marido para Blantyre.
Emma, então, perguntou:
— Lullita, o que houve com o George? Há quanto tempo você está sozinha?
— Meu marido faleceu há oito anos, Emma. Não tivemos filhos. Após perdê-lo fiquei sozinha, vagando de cidade em cidade. Estou em Lilongwe há seis meses e vivo no mercado pedindo esmolas para sobreviver. Foi lá que seu filho e eu nos conhecemos. Seu garoto tem um coração de ouro, meus parabéns! — disse Lullita.
— Sinto muito, Lullita — disse Emma. — Você pode ficar conosco quanto tempo precisar. Estou muito feliz em poder revê-la após todos esses anos.
Então, Lullita disse:
— Também estou muito feliz! Agora sim acredito que Deus traça um destino para nós. Entre milhares de pessoas que poderiam me ajudar, justamente seu filho, que nem me conhecia, me convidou para vir aqui hoje.
— Onde você morou nos últimos anos, Lullita? — perguntou Emma.
— Até a morte do meu marido eu vivia em Blantyre.

Depois parti para Salima para encontrar alguns parentes, porém todos já haviam falecido por causa das graves doenças que os atingiram. Nos últimos oito anos, passei por Livingstonia, Chitimba e Karonga, e agora estou aqui em Lilongwe — respondeu Lullita.

— Entendi — disse Emma. — O importante é que você está aqui conosco agora. Venha, vou providenciar roupas limpas para você.

Emma, então, providenciou roupas limpas para que a amiga Lullita pudesse tomar banho e se trocar. Lullita tinha algumas feridas e não se sentia muito bem, então o pequeno Franklin cuidou dela naquele dia. Fez alguns curativos e providenciou alguns remédios para que ela pudesse se sentir melhor.

À noite, Emma preparou um jantar e todos se alimentaram juntos. Naquela virada de ano de 2007 para 2008, estavam juntos o Sr. e a Sra. Gregório, Franklin e a pequena Emily, além da convidada Lullita.

Foi uma noite muito agradável para todos. Emma, muito emocionada por rever a amiga, deu a ela toda a atenção que precisava e providenciou um colchão para que Lullita pudesse passar a noite com eles.

Capítulo 11 – Adeus

No dia seguinte, o pequeno Franklin chamou a mãe em particular e disse:

— Mãe, por que não convidamos a Lullita para morar conosco? Ela não tem família. Se ficar conosco apenas por uns dias, brevemente ela voltará às ruas para viver como antes.

— Estive pensando nisso durante toda esta noite, meu filho. Irei falar com seu pai a respeito. Obrigada por se preocupar, querido — respondeu a mãe.

Mais tarde, Emma chamou o marido para que pudessem conversar sobre a permanência de Lullita na casa.

— Johnson, nossa amiga passou esta noite conosco, porém, se a despedirmos, ela voltará a viver na miséria, sem um teto onde ficar. O que você acha de a convidarmos para morar conosco? — disse Emma.

O Sr. Gregório, então, respondeu:

— Minha querida, ao ver as condições em que a Lullita se encontrava eu fiquei muito triste, pois, quando a conhecemos e seu falecido marido, eles eram pobres, mas não faltava o alimento para eles, já que o George também trabalhava na pescaria, assim como eu. Como Deus providenciou que nosso amigo Franklin nos ajudasse tanto para que hoje tivéssemos condições de viver dignamente e o pão não falte em nossa casa, creio que, da mesma forma, Ele quer que ajudemos Lullita. Portanto, acho que devemos, sim, ajudá-la e deixar que more conosco.

Muito emocionada com as palavras do marido, Emma agracedeu:

— Obrigada, meu marido, fico feliz com suas palavras.

Irei perguntar a Lullita se ela deseja ficar conosco.

Após conversar com o marido, Emma chamou Lullita, que estava com as crianças na sala.

— Lullita, venha até a cozinha, por favor. Preciso falar com você — disse Emma.

— Oi, Emma, estou aqui — disse Lullita.

Emma, então, continuou:

— Lullita, conversei com meu marido hoje e sabemos das dificuldades que você viveu e vive desde que perdeu o George. Queremos convidar você a morar aqui conosco. Vivemos uma vida simples, como você pode ver, mas nada tem nos faltado nos últimos anos.

Nesse momento, Lullita começou a chorar e disse:

— Muito obrigada, minha amiga, não sei como agradecer! Vocês são a única família que me resta.

As duas se abraçaram emocionadas, e assim se passou mais um dia em Lilongwe. Após alguns dias, o cônsul retornou da viagem a Londres com a esposa, Beatrice. Ao chegarem, logo foram visitar a família Gregório.

Emma apresentou a amiga Lullita ao cônsul e à Beatrice e contou-lhes todos os detalhes dos últimos dias e como o pequeno Franklin havia encontrado Lullita no mercado.

Todos conversaram amistosamente por algumas horas, até que o cônsul disse:

— Pessoal, tenho uma novidade para vocês.

Todos ficaram curiosos.

— Conta, tio. Qual é a novidade? — disse o pequeno Franklin.

— Vou ser avô! — exclamou o cônsul com imensa alegria.

Todos, então, o abraçaram, parabenizando-o e a esposa Beatrice. Após aqueles instantes de imensa alegria, eles se despediram e retornaram à residência.

No dia seguinte, o Sr. Gregório levou o pequeno Franklin para passear no povoado de Salima, a quinze quilômetros do lago Niassa, ou Malauí. O local ficava próximo à praia de Senga Bay, onde ele queria que o filho conhecesse a ilha Lizard, com seu belo parque nacional, onde mora ampla variedade de águias e de enormes lagartos.

Em chichewa, uma das línguas do Malauí, a palavra *malauí* significa *o nascer do sol*, visto que, estando a ocidente do lago, é dessa forma que os malauianos veem nascer o dia, sobre o lago.

Os dois foram de ônibus, e o Sr. Gregório foi conversando bastante com o filho durante a breve viagem, mostrando-lhe detalhes do caminho e dos locais por onde passavam.

Ao chegarem a Salima, o Sr. Gregório levou o filho até o lago para que pudessem conversar um pouco e curtir a bela paisagem.

Então, o Sr. Gregório disse:

— Esse lago abriga várias aldeias ribeirinhas, que vivem às custas da pesca. O pai já trabalhou muito tempo por aqui antes de você nascer.

— Que legal pai — exclamou o pequeno Franklin. Então o Sr. Gregório continuou:

— Meu filho, você sabe que estou doente há bastante tempo e que logo chegará o dia em que não estarei mais com você, com a mamãe e com a Emily. Preciso que você seja o homem da casa quando isso acontecer.

— Não, pai, não diga isso! — exclamou o pequeno Franklin.

— Deixe que eu continue, meu filho — respondeu o Sr. Gregório.

— Sim, pai — disse o garoto.

— Meu filho, se eu morrer hoje e você tiver aprendido três coisas básicas, morrerei feliz e com o dever cumprido — completou o Sr. Gregório.

— Que coisas são essas, pai? — perguntou o garoto.

Então, o Sr. Gregório prosseguiu:

— A primeira coisa, meu filho: dinheiro não é tudo, família é tudo. Família sempre em primeiro lugar, meu filho. Cuide de sua mãe e de sua irmãzinha.

— Entendi, pai — respondeu o garoto.

— A segunda coisa, meu filho, é sempre fazer aos outros aquilo que você gostaria que fizessem a você — continuou o pai. — Jamais faça aos outros aquilo que você não gostaria que fizessem a você. Ame as pessoas, mesmo que elas não mereçam ou não amem você.

— É verdade, pai — disse o garoto.

— E a terceira coisa que quero que você guarde para sempre, meu filho, é: voltar um passo atrás não significa desistir. Em sua vida você poderá sofrer muitas dificuldades. Não tenha medo de parar e mudar o rumo das coisas. Use toda a sua inteligência para sempre tomar as melhores decisões, mas saiba que um dia você irá errar e, quando isso ocorrer, não é para você se abater, e sim ser humilde e tentar novamente, jamais desistir — concluiu o Sr. Gregório.

Após dar as instruções ao filho, o Sr. Gregório o abraçou. Então, o pequeno Franklin disse:

— Você tem razão, pai, espero orgulhar o senhor sempre!

— Você já me orgulha, meu filho — respondeu o Sr. Gregório.

Depois daqueles instantes juntos, o Sr. Gregório passeou com o filho por todo o povoado de Salima e mostrou-lhe a ilha Lizard. Andaram bastante pelo parque nacional observando toda a fauna e a flora do local. Por fim, pegaram novamente o ônibus e retornaram para casa.

Dentro de algumas semanas retornavam as aulas do pequeno Franklin no Lilongwe Centro de Aprendizado. Seria o último ano dele naquela escola. Dias antes do início das aulas, o pequeno Franklin estava ansioso e já havia deixado tudo pronto para iniciar bem o ano.

Naqueles dias, Johnson vinha se sentindo mal, tendo dificuldades respiratórias, diarreia e mal-estar. Emma cuidava do marido com a ajuda do pequeno Franklin e, juntos, davam a ele toda a medicação necessária, além de sempre o acompanharem ao Nkhoma Hospital para a continuidade dos tratamentos com o Dr. Steven Boss.

O cônsul, demonstrando preocupação com o estado de saúde do amigo Johnson, disse:

— Emma, há quantos dias o Johnson está assim? Vejo que ele está muito magro e abatido, estou preocupado.

— Ele estava bem nas últimas semanas — disse Emma. — Teve algumas recaídas, mas logo melhorou. Desta vez ele está pior. Não consegue se alimentar e está muito enfraquecido.

— Devemos levá-lo imediatamente ao médico. Ele não pode continuar aqui. Pelo que você disse, o quadro está piorando aos poucos — afirmou o cônsul.

Rapidamente, então, o cônsul levou o Sr. Gregório até o Nkhoma Hospital. Apenas Emma e Beatrice o acompanharam, Lullita ficou em casa com o pequeno Franklin e a pequena Emily.

Ao chegarem ao Nkhoma Hospital, logo solicitaram atendimento para o Sr. Gregório, e o hospital disponibilizou o Dr. Steven Boss para atendimento imediato.

O doutor reuniu a equipe dele e fez alguns exames no Sr. Gregório. Deu-lhe soro para que pudesse se reidratar e deixou-o repousando por algumas horas.

Naquele período, o médico chamou a Sra. Gregório e os acompanhantes dela, Sr. e Sra. Rodhes, e disse-lhes:

— Senhores, preciso fazer uma bateria de exames mais detalhados no paciente durante as próximas horas e, para isso, necessitarei interná-lo, pois o quadro dele é grave. Vejo que o organismo não responde mais à medicação e ao tratamento que temos feito no último ano. Peço que fiquem calmos e aguardem maiores informações.

Muito nervosa e agitada, Emma começou a chorar e a pensar no pior. Beatrice a acalmou.

— Emma, estamos aqui com você. Fique tranquila, tenha fé e ficará tudo bem — disse Beatrice.

— Isso mesmo, Emma, estaremos sempre juntos — complementou o cônsul. — Conte conosco. O Johnson é forte, já superou tanta coisa.

Em casa, o pequeno Franklin estava com um sentimento de tristeza no coração e, a cada minuto, ficava mais ansioso aguardando notícias.

O Dr. Steven Boss prosseguiu com o atendimento ao Sr. Gregório, enquanto Emma, o cônsul e Beatrice aguardavam na sala de espera. O médico, então, verificou que o paciente desenvolveu um problema grave, muito frequente em portadores do vírus HIV, a pneumonia pneumocística, uma ameaçadora infecção respiratória.

Ao finalizar os exames, o doutor chamou todos e disse-lhes:

— Por favor, sentem-se.

Emma, angustiada com a situação, pediu:

— Doutor, quero que me diga como está o meu marido.

— Infelizmente, não tenho boas notícias. O paciente Sr. Gregório apresenta um quadro muito grave de pneumonia pneumocística, uma infecção respiratória terminal. Venho acompanhando-o no último ano, e todos sabemos que ele é portador do vírus HIV há muitos anos. Infelizmente, o organismo dele não é mais capaz de combater tal doença — explicou o Dr. Steven Boss.

O cônsul, então, disse:

— Doutor, realmente não há nada que possamos fazer?

— Infelizmente não, Sr. Rodhes. Irei mantê-lo internado, para cuidarmos de alguns dos sintomas. Ele está com inchaço nas glândulas sob os maxilares, nas axilas e no pescoço. Está com febre e suores frequentes, além da diarreia, sintomas muito debilitantes para o corpo — disse o doutor.

Emma, nesse momento, chorava, tomada de uma profunda tristeza. Apenas pensava nas crianças e no sofrimento do marido. Beatrice a amparou e tentou ajudá-la, mas a perda de Johnson era demais para a amiga.

O cônsul, vendo toda a situação, foi até a casa do Sr. Gregório buscar o pequeno Franklin, Emily e a Sra. Lullita. No caminho, o pequeno Franklin perguntou sobre o estado do pai.

— Tio Franklin, como meu pai está? Ele vai ficar bem? — disse o garoto.

— Seu pai não está bem, Franklin. Ele adquiriu uma grave infecção respiratória — disse o cônsul.

O garoto, então, perguntou:

— Meu pai está sofrendo de pneumonia pneumocística, tio?

— Sim, pequeno Franklin — respondeu o cônsul.

Naquele momento, o garoto começou a chorar, pois sabia da gravidade da situação. Após todos aqueles anos de tratamento e luta contra a doença, ele via que, infelizmente, seu pai chegara a um estado muito crítico.

Ao chegarem ao Nkhoma Hospital, o pequeno Franklin abraçou a mãe e a tia Beatrice. Ficaram juntos por alguns instantes e o cônsul explicou a Franklin toda a situação do Sr. Gregório. Naquela noite todos permaneceram no hospital acompanhando o quadro do Sr. Gregório.

Nos dias que se seguiram, o cônsul dividia a atenção entre o trabalho no Consulado Britânico e o Nkhoma Hospital, muito preocupado com a situação do amigo Johnson. Naqueles dias, um filme passava pela cabeça do cônsul, e ele se lembrava de todos os momentos que passaram juntos e do dia em que ele conhecera Johnson, em outubro de 1996, havia quase doze anos.

Quatro dias após ser internado, o Sr. Gregório piorou e sofria muito com as tosses que se desenvolveram, advindas da infecção. Vendo que não aguentaria por muito tempo, o Sr. Gregório pediu que chamassem o filho, Franklin, para que ele pudesse vê-lo.

Ao entrar no quarto, o pequeno Franklin chorou muito e abraçou o pai. O Sr. Gregório, rodeado de aparelhos e muito debilitado, disse-lhe:

— Meu filho, minha hora está chegando. Quero que se lembre de tudo o que conversamos e não se abata daqui em diante. Você deve, sim, ir para Londres em breve e construir seu futuro. Cuide da sua mãe e da sua irmãzinha.

Colocando a mão no coração do pequeno Franklin, o Sr. Gregório acrescentou:

— Eu estarei sempre com você.

O Sr. Gregório, então, pediu que o filho lhe trouxesse um papel e uma caneta.

Rapidamente, o pequeno Franklin pegou papel e caneta e entregou tudo para que o pai pudesse escrever. Enquanto escrevia a mensagem, o Sr. Gregório entrou em choque e o pequeno Franklin se assustou muito. O Dr. Steven Boss e a equipe entraram e pediram ao garoto que se afastasse.

Muito assustado, Franklin ficou segurando o pedaço de papel em que o pai escrevera uma mensagem, porém a mensagem estava escrita pela metade e, pelo susto do momento, ele nada conseguiu entender. O garoto foi ao encontro dos demais e avisou-lhes que o pai havia entrado em choque.

Minutos depois, o doutor foi até eles e disse:

— Sra. Gregório, infelizmente nós o perdemos. Seu marido entrou em choque, não suportou e faleceu neste momento. Fizemos tudo que estava ao nosso alcance, porém o quadro dele era muito difícil e o organismo estava muito debilitado.

Naquele momento, todos ficaram muito tristes e choraram com Emma e o pequeno Franklin. A menina Emily ainda não entendia a situação e apenas observava tudo do colo da Sra. Lullita. O cônsul e a esposa acompanharam Emma e o pequeno Franklin até o quarto para que pudessem ver Johnson.

Aquela data ficaria para sempre marcada na mente e no coração de todos. No dia 12 de fevereiro de 2008, uma linda história de vida havia se encerrado. Sr. Johnson Gregório, 39 anos, um homem humilde, eterno lutador, de todos se despedira para sempre.

O cônsul deu toda a assistência à família. Organizou todo o velório e arcou com o custo hospitalar e do enterro do grande amigo Johnson.

Na cerimônia, muitas pessoas estiveram presentes: amigos da vizinhança, do trabalho da época de pescador e do período no Consulado como ajudante de serviços gerais, além de Beatrice e seus filhos, Steven e Benjamin, acompanhado da esposa, Liz, que fizeram questão de ir até Lilongwe para se despedirem do Sr. Gregório.

Amigos da escola do pequeno Franklin também estiveram presentes com seus pais, além de alguns professores e sa diretora, Sra. Georgia Camps. No momento do enterro, o cônsul tomou a palavra por alguns minutos e fez uma explanação:

— Uma figura tão simples e humilde fez parte da vida de tantas pessoas. Este foi Johnson Gregório, meu grande e eterno amigo, do qual sempre me lembrarei. Eu não sabia que, ao conhecer este homem, em outubro de 1996, minha vida mudaria, passando a ter mais sentido e alegria, pois, a partir daquele momento, um novo propósito se criou.

Muitos choravam, e o cônsul prosseguiu dizendo:

— Um homem de honra, rara lealdade, que sofreu muitos anos com um mal chamado HIV. Lutou como um guerreiro, mas coube Àquele que nos dá a vida recolhê-lo. Dou graças a Deus por ter colocado este grande homem em minha vida durante os onze anos e meio em que pude conviver com ele e sua família. Descanse em paz, meu amigo!

Após o discurso, todos se despediram do Sr. Gregório e foram embora. O cônsul e a esposa, mais os filhos, levaram o pequeno Franklin, Emma, a pequena Emily e a Sra. Lullita para casa e se colocaram à disposição para tudo aquilo que fosse necessário.

Capítulo 12 – Prosseguir

Nos dias que se seguiram ao enterro do Sr. Gregório, tudo ainda parecia estranho. O pequeno Franklin sentia um vazio muito grande e, por algumas semanas, não frequentou as aulas no Lilongwe Centro de Aprendizado. Todas as noites ele chorava ao se deitar, e o mesmo ocorria com a mãe, Emma.

No fim do mês de fevereiro, o pequeno Franklin se lembrou do bilhete que o pai lhe escrevera pouco antes de morrer. Então, correu até a gaveta do armário e o pegou.

O pai lhe escrevera duas frases, porém uma estava pela metade e ele não conseguia entendê-la. A frase que estava completa dizia: "O jovem que mudou o mundo".

Na frase pela metade, havia uma palavra estranha, que ele não fazia ideia de como o pai escrevera nem do idioma no qual estava escrita. A palavra era *sanitatem*. Ao pesquisar na internet, o pequeno Franklin descobriu que a palavra vinha do latim e significava "saúde".

Então, ele começou a buscar respostas para aquilo que o pai escrevera, tentando encontrar um sentido para tudo. No dia seguinte, o cônsul e a esposa, Beatrice, resolveram fazer uma visita à família Gregório. O garoto, então, aproveitou para mostrar o bilhete ao tio Franklin.

Ao analisar o que estava escrito no bilhete, o cônsul ficou um pouco confuso, também sem entender o real significado daquilo. Então, ele disse:

— Franklin, vejo que uma parte você conseguiu decifrar, que é esta palavra do latim, *sanitatem*, que significa "saúde".

— Sim, tio, esta foi a única parte que entendi. O restante está bem confuso — afirmou o garoto.

— Johnson, o que você queria dizer, meu amigo? Para escrever este bilhete num momento tão difícil e debilitado como ele estava, com certeza é algo importante, Franklin — disse o cônsul.

— Com certeza, tio — respondeu o garoto.

O cônsul, então, anotou em um outro papel as palavras do amigo Johnson e levou a anotação para tentar descobrir o significado daquelas palavras e ajudar o pequeno Franklin.

Aproveitando a visita, o cônsul conversou com Emma e Lullita e perguntou como estavam as coisas e se necessitavam de algo. Ele explicou que já havia providenciado a aposentadoria do Sr. Gregório para que Emma pudesse recebê-la. Além disso, o cônsul sempre ajudava a família com a compra de alimentos, roupas, sapatos, entre outras coisas.

Antes de se despedir, o cônsul chamou o pequeno Franklin e disse:

— Querido, sei que você ainda está muito triste com a perda do seu pai, mas quero que volte a ir à escola para que possa se formar em breve. Será muito importante para você. Agora é a hora de você mostrar como é dar a volta por cima. Mostre para sua mãe que você é forte.

— Sim, tio Franklin, é verdade. Pode deixar que amanhã já voltarei às aulas — respondeu o garoto.

O cônsul, então, se despediu e voltou aos seus afazeres. Nos dias que se seguiram, ele tentou encontrar respostas para o bilhete deixado pelo amigo Johnson, porém não conseguiu.

O pequeno Franklin voltou aos estudos e se desligou um pouco daquele bilhete. Concentrou-se bastante em seu último ano no Lilongwe Centro de Aprendizado e correu atrás do tempo perdido.

Nos meses seguintes, ele continuou a se dedicar e adquiria cada vez mais conhecimentos didáticos e científicos. Em seu computador, todos os dias realizava pesquisas e descobria coisas novas, que rapidamente eram armazenadas em seu cérebro. Ele tinha uma capacidade de armazenamento de informações tão grande que sequer entendia.

Em julho de 2008, a pequena Emily completava três anos de idade e ganhou uma festinha de aniversário de Beatrice, esposa do cônsul. Beatrice organizou toda a festa com a ajuda de Emma e Lullita, e todos ficaram muito felizes com o crescimento da menina. Naqueles dias, o cônsul também providenciou a matrícula da pequena Emily em uma escola especializada em crianças de dois a cinco anos.

Beatrice, então, resolveu ir até Londres passar algum tempo com os filhos e dar suporte a Liz, esposa de Benjamin, que estava prestes a ganhar bebê. O pequeno Franklin escreveu uma carta para Erin Fall e pediu a tia Beatrice que a entregasse.

Erin ficou muito feliz ao receber a carta de Franklin, na qual ele contou todos os detalhes do que havia ocorrido nos últimos meses. Na carta, Franklin também contou detalhes sobre o falecimento do pai e como ele fazia falta para o menino. Após ler toda a carta, Erin decidiu ligar para o garoto. Conversaram por um longo tempo.

Franklin, então, contou a Erin sobre o bilhete que o pai lhe deixara e a busca por respostas. Erin incentivou-o a não desistir e continuar buscando respostas, pois o pai ficaria orgulhoso dele.

No fim de agosto, o bebê de Liz estava prestes a nascer, então o cônsul foi para Londres acompanhar o parto do primeiro neto. Ele convidou o garoto Franklin para acompanhá-lo na viagem.

Em Londres, os dois fizeram uma pausa para um lanche numa bela lanchonete no centro da cidade. O cônsul, como sempre, orientava o garoto, mostrando-lhe vários detalhes da cidade e da maneira como as pessoas viviam ali, muito diferente de Lilongwe.

Após o lanche, os dois partiram para a casa de Benjamin, onde estavam Liz e Beatrice. Passaram todo o dia ali juntos e conversaram bastante. No fim da tarde, Benjamin retornou do escritório, onde passara todo o dia atendendo clientes.

Naquela noite de 28 de agosto de 2008, Beatrice fez um jantar muito especial para todos. Benjamin conversou bastante com o garoto Franklin e explicou muitas coisas sobre direito, sobre as leis do Reino Unido e sobre como seria a vida dele ali. Após dar várias dicas e informações ao garoto, Benjamin também lhe deu um conselho, dizendo:

— Franklin, todos sabemos da sua capacidade e do quanto você é inteligente. Todavia, na vida, é preciso esperar. Principalmente quando as coisas estão mais difíceis, quando você olha para um lado e para o outro e não vê soluções. Você ainda aprenderá que a dor da espera é necessária para o nosso crescimento.

Após ouvir todas as orientações de Benjamin, o garoto respondeu:

— É verdade, tio Benjamin, eu tenho aprendido muito. Após a morte do meu pai, não tem sido fácil. Aquele vazio na casa ainda mexe com a gente. Tenho tentado ajudar minha mãe o máximo que eu posso. Só me preocupo em deixá-la com a Emily em Lilongwe, quando eu vier para cá estudar.

Benjamin, então, disse:

— Não se preocupe com isso ainda, as coisas irão se ajeitar. Além do mais, você tem a nós para ajudá-lo no que for preciso.

— Eu sei disso e sou muito grato, tio Benjamin — respondeu o garoto.

O parto de Liz estava marcado para o dia 30 de agosto. Aproveitando a viagem, no dia 29 de agosto o garoto pediu ao cônsul que o levasse até a casa de Erin para que ele pudesse revê-la. O cônsul, então, levou-o logo após o almoço, quando a garota já teria retornado das aulas.

Ao rever Erin, o garoto ficou muito feliz. Os dois conversaram por várias horas, e Erin apresentou sua mãe a ele. Muito simpática, a Sra. Juliet Fall cumprimentou o garoto e providenciou um lanche para que eles pudessem passar o restante da tarde juntos.

Franklin, então, mostrou a Erin o bilhete que o pai deixara antes de falecer, já meio velho e amassado, pois ele sempre o levava consigo no bolso. Erin levou o amigo até o escritório do pai dela para mostrar os vários livros, enciclopédias, manuais, equipamentos e materiais que ele possuía. O Dr. Fall tinha uma espécie de laboratório em casa, para os estudos e análises pessoais.

Ao ver tudo aquilo, o garoto ficou impressionado e disse:

— Seu pai é um cientista mesmo, Erin.

Eles riram por alguns instantes, até que Erin revelou:

— Muitas vezes meu pai passa as noites em claro aqui, Franklin. Não sei bem em que ele anda trabalhando, mas deve ser algo importante.

— Imagino que sim — respondeu o garoto.

No fim da tarde, o Dr. Fall chegou do trabalho, uma passada rápida antes de retornar à Universidade do Rei de Londres para lecionar mais duas aulas para os alunos do curso de ciências biomédicas. Ao ver o garoto Franklin, ele logo abriu um sorriso e disse:

— Que ótima surpresa, meu rapaz. Seja bem-vindo a Londres. Pena que estou com um pouco de pressa, vou apenas tomar um banho e já estou de saída.

— Tudo bem, Dr. Fall, fique à vontade. Obrigado pela atenção — respondeu o garoto.

— Voltarei por volta das 22 horas, gostaria que você me esperasse. Quero mostrar a você um trabalho que estou desenvolvendo. O que acha? — disse o doutor.

— Com certeza eu gostaria muito, Dr. Fall. Apenas preciso ligar para meu tio Franklin para ver se não há nenhum problema — disse o menino.

— Fique tranquilo, eu mesmo ligarei para ele agora — respondeu o Dr. Fall.

E o doutor ligou para o cônsul.

— Olá, meu amigo, como vai você?— disse Dr. Fall.

— Estou bem e você, Philip? Já sei o que você irá dizer — respondeu o cônsul, em tom de brincadeira.

— Gostaria de mostrar algumas coisas ao garoto, porém preciso lecionar duas aulas agora e só retornarei às 22 horas. Franklin não poderia passar esta noite aqui conosco? Amanhã cedo eu o libero, palavra de escoteiro! — brincou o doutor.

— Tudo bem, Philip, sem problemas. Qualquer coisa, me avise, por favor — respondeu o cônsul.

O doutor, então, se preparou e partiu para a universidade para lecionar as duas aulas. O cônsul avisou a todos que o garoto Franklin não passaria a noite com eles, e sim ficaria na casa de Philip.

Enquanto o doutor permanecia na universidade, Erin aproveitou e chamou Franklin para irem até um *shopping center* que havia ali perto. Os dois, então, partiram a pé mesmo, demorando cerca de dez minutos para chegar.

Chegando ao *shopping*, Erin encontrou alguns amigos e amigas que a convidaram para ir a lanchonete. Franklin acompanhou-os até uma grande lanchonete que havia ali. Não acostumado com tal padrão, o garoto apenas observava o local, as pessoas que ali estavam, as roupas que elas usavam, percebendo que estava rodeado de pessoas de grande poder aquisitivo.

O garoto sentiu-se um pouco deslocado com a situação, pois não tinha nem dinheiro para o lanche. Erin, percebendo que ele estava um pouco de lado, pediu-lhe que não se preocupasse, mas que tentasse se enturmar com o pessoal. Entre os amigos de Erin estava o mesmo garoto que fora racista e mal-educado com Franklin no casamento.

Percebendo que teria de se acostumar com tal modo de vida e com pessoas totalmente diferentes dele, o garoto, então, aos poucos, foi se enturmando com os amigos de Erin. Alguns deles se interessaram bastante por sua história, então ele lhes contou muitas coisas sobre a vida no Malauí e o fato de que, em breve, estaria em Londres para estudar.

O amigo de Erin, que não gostava do Franklin, demonstrava insatisfação em cada atitude e tentava cada vez mais se mostrar superior. No momento em que Franklin revelou que em breve iria morar em Londres, o garoto interrompeu e disse:

— Aqui não é seu lugar, Mané! Fique na África que será melhor para você.

Tal insulto mexera profundamente com o garoto Franklin, todavia ele engoliu seco e não respondeu à provocação. Erin, então, tomou a palavra e disse:

— Não fale mais dessa maneira, Simon, deixe-o em paz. O que ele fez para você tratá-lo dessa forma?

— Ele simplesmente nasceu — respondeu o garoto em tom provocativo.

Vendo que o clima não estava legal, Erin se despediu dos amigos e chamou Franklin para irem embora. Ao saírem do *shopping*, Erin disse:

— Não fique chateado com este tipo de coisa, Franklin. Existem pessoas muito legais aqui, mas existem também outras que se sentem superiores e tentam de todas as maneiras se impor aos considerados "mais fracos". O problema é que ele ainda não conhece você e não sabe o quão capaz você é. Mas um dia ele saberá.

— Está tudo bem, Erin — respondeu o garoto. — Prefiro não entrar em discussões desnecessárias. Todos nós sabemos a maneira como a África é vista, mas eu serei um dos lutadores que mudarão esta história, pode escrever. Eu acredito no meu país e no meu continente.

— Você está certo, Franklin! Eu acredito em você! — disse Erin.

Ao voltarem para casa, restavam poucos minutos para o Dr. Fall retornar da universidade. A Sra. Fall, então, aproveitou para mostrar a Franklin onde ele iria dormir, os locais onde ele encontraria tudo de que precisava e brincou dizendo:

— Não faça muito barulho naquele laboratório na madrugada, está bem?

Todos riram.

Capítulo 13 – Surpresas

Após alguns instantes, o Dr. Fall chegou. Rapidamente ele guardou as coisas e se aprontou para passar algumas horas fazendo análises e mostrando várias coisas ao garoto. Erin e a mãe se despediram deles e foram dormir.

Ao adentrarem no escritório do Dr. Fall, o garoto disse:

— Dr. Fall, este escritório é maravilhoso. Quantos livros o senhor tem aqui? Parece uma biblioteca.

— Franklin, naquela noite em que conversamos você disse que seu sonho era também ser um biomédico. Então, aproveitei esta ocasião para mostrar a você muitas coisas interessantes. Quero aproveitar para testá-lo, pois meu amigo Franklin me disse muita coisa boa sobre você. Vamos ver se você poderá ser meu estagiário em breve — brincou o doutor.

— Seria um imenso prazer, doutor — respondeu o garoto.

O Dr. Fall, então, mostrou ao garoto todos os materiais de trabalho, as pesquisas, arquivos antigos e a sua página pessoal na internet, onde ele abordava vários tipos de estudos voltados a vírus, bactérias, vacinas e biomedicina em geral.

Ali, os dois passaram algumas horas debatendo e discutindo vários temas interessantes, principalmente a recente notícia de uma possível vacina terapêutica para o tratamento da Aids, causada pelo vírus HIV.

O doutor, então, explicou:

— Um dos maiores pesquisadores deste ramo é meu amigo Dr. Frank Tomaz, ele é um renomado médico infectologista, chefe do laboratório de imunologia e pesquisador da Universidade de Harvard.

— Dr. Fall, pelo que pesquisei a vacina é um caminho difícil. Por que o senhor acha que após tanto tempo e investimento ainda não foi criada uma vacina capaz de imunizar a população? — disse Franklin.

— A resposta não é nada simples. Todos os pesquisadores envolvidos no tema sabem das dificuldades de se encontrar o caminho da descoberta de tal vacina. Nenhuma vacina até agora conseguiu fabricar anticorpos capazes de destruir o vírus — respondeu o doutor.

— Por que o senhor acha que isso ainda não foi possível, doutor? — perguntou o garoto.

O Dr. Fall, então, respondeu:

— Bom, Franklin, entre os motivos mais complicadores está o local onde o HIV se instala no organismo: o sistema imunológico. Tudo isso está sendo muito discutido na atualidade. Você já deve ter visto que órgãos como a Organização Mundial da Saúde, que participa do Programa Conjunto das Nações Unidas sobre HIV e Aids (UnAids), estão muito interessados em resolver essa situação.

— Sim, doutor, li bastante sobre este assunto em minhas recentes pesquisas na internet. Este tema chama muito a minha atenção, como o senhor bem sabe, e é o principal motivo de eu estar aqui e do meu sonho de ser um biomédico.

— Pois eu lhe digo que se prepare, garoto, pois o caminho será muito árduo — disse o doutor.

— Eu sei disso, doutor. Muitos pesquisadores já estão trabalhando há tanto tempo nisso e ainda não obtivemos resultados concretos. Vi que os primeiros testes clínicos para encontrar uma vacina imunizadora a partir do vírus atenuado ou inativado aconteceram no fim da década de 1980. Esta linha de pesquisa encontrou dificuldades e foi encerrada — explicou o pequeno Franklin.

— Isso é verdade. A capacidade de mutação do vírus é tão grande e rápida que dificulta a obtenção de resultados. Este é até hoje o grande obstáculo para os interessados no assunto. Todavia, observamos nos últimos anos um aumento no número de cepas recombinantes do vírus — falou o doutor.

— Isso já é um grande avanço, doutor — disse o garoto.

Enquanto os dois interagiam sobre o assunto, Erin e a mãe já dormiam. O relógio marcava 0h30. Na casa de Benjamin, todos ainda estavam acordados, muito ansiosos pela chegada do bebê.

O garoto Franklin aproveitava ao máximo aqueles momentos com o Dr. Fall, pois era uma grande oportunidade de aprender com um dos maiores pesquisadores da Europa. Aquele momento ele levaria consigo para sempre.

Emma, em Lilongwe, sentia saudades do filho e aguardava ansiosamente a volta dele. Naqueles dias, ela permanecera em casa apenas com Lullita e a pequena Emily. Um período ainda muito triste para ela, que perdera o esposo e via que em breve não teria mais o filho por perto.

Enquanto isso, em Londres, o Dr. Fall continuava a explicar várias coisas ao garoto e se impressionava cada vez mais com o conhecimento que Franklin demonstrava. Perto de completar doze anos, o garoto já conversava como um profissional da área, entendendo nomes técnicos e científicos.

O doutor, então, disse ao garoto:

— Com isso que temos visto, você pôde observar o quanto é difícil desenvolver produtos que possam ser capazes de imunizar a população contra todas as variantes do vírus.

— É verdade, doutor — disse o garoto.

Após conversarem por várias horas, o doutor convidou Franklin para adentrar no laboratório para uma demonstração de análises. Providenciou luvas e máscara para ele, além de todo o material necessário para a proteção.

O Dr. Fall, então, mostrou ao garoto o mais recente trabalho acadêmico que fizera. Ele estava pesquisando sobre os chamados super-humanos, pessoas que continham genes diferenciados que lhes davam atributos especiais. Entre as pessoas pesquisadas havia um homem que não sentia frio, uma mulher que nunca ficara doente, nem apenas sofrido de uma simples gripe, e uma mulher que apresentava uma sinestesia muito especial, podendo até mesmo ver cores em sons.

O garoto ficou impressionado com o trabalho que o doutor lhe mostrara, e passou mais algumas horas aprendendo sobre tudo aquilo. Toda aquela pesquisa e o conhecimento passado pelo doutor deixaram Franklin muito feliz e animado com a profissão que escolhera.

O relógio já marcava 3h35 quando os dois saíram do laboratório e voltaram para o escritório. Franklin já se mostrava bastante cansado e o Dr. Fall também. Quase saindo do escritório, o garoto viu uma foto na parede que lhe chamou a atenção.

Um pouco espantado, ele se lembrou do bilhete do pai, que estava no bolso, e viu que algo ali estava batendo.

O Dr. Fall, percebendo que o garoto havia se interessado pela foto, disse-lhe:

— Esta foto é do meu antigo laboratório, onde por vários anos desenvolvemos pesquisas muito importantes. Com o passar dos anos e os altos custos, os investimentos diminuíram e não foi mais viável continuar.

— Há quanto tempo este laboratório está fechado, doutor? — perguntou o menino.

— Desde outubro de 2005. Ou seja, há quase três anos — respondeu o doutor.

O doutor prosseguiu, dizendo:

— Eu sou proprietário do local, porém os investimentos em pesquisas eram provenientes do governo e de algumas empresas que se interessavam pelas pesquisas na época. Não era meu intuito fechar este laboratório, tanto que guardo esta foto com todo o carinho, pois um dia penso em reabri-lo. Meu laboratório chamava-se Sanitatem – Centro de Pesquisas e Análises.

O garoto, então, disse:

— Doutor, não sei o que dizer, mas é bem provável que ele volte a funcionar novamente um dia.

O doutor, curioso com o que ouvira, perguntou:

— Por que você diz isso?

Franklin, então, tirou o bilhete do pai do bolso e mostrou-o ao doutor. A sequência que estava descrita na frase incompleta batia exatamente com o endereço do escritório contido na fotografia. E o nome do laboratório estava descrito exatamente da mesma forma que na foto: Sanitatem, do latim, saúde.

O doutor ficou espantado e não entendeu nada do que se passava, e o garoto então começou a chorar e a dizer:

— Pai, era isso que o senhor queria me dizer, pai? Não acredito que descobri após seis meses.

O doutor lhe perguntou:

— O que está havendo, Franklin? Seu pai escreveu este bilhete?

O garoto, então, passou alguns minutos explicando ao Dr. Fall todo o ocorrido e como o pai lhe escrevera aquelas palavras pouco antes de morrer. Contou também que passara os últimos meses pesquisando e procurando respostas para aquilo, porém sem entender nada.

— Agora tudo faz sentido — disse o garoto. — De alguma forma meu pai viu este laboratório funcionando no futuro e me viu trabalhando nele. Ele me disse para nunca desanimar, e, apesar das dificuldades que eu encontraria, jamais deveria desistir do meu sonho.

— Eu nunca vi algo assim em toda minha vida. Não sei o que dizer, Franklin. São momentos como este que nos mostram o quanto somos pequenos perto do destino e da vida. O seu pai estava deixando a você uma espécie de mensagem do futuro, pelo que estou vendo. Nunca iremos entender como isso ocorreu, mas ele não queria partir sem deixar essa mensagem a você — concluiu o doutor.

— É verdade, doutor. Espero poder honrar a memória de meu pai. Jamais vou desistir dos meus objetivos. É por ele que estou aqui — disse Franklin, muito emocionado.

O garoto continuou, dizendo:

— É engraçado que mostrei o bilhete para Erin e ela não reconheceu. Estivemos em seu escritório hoje à tarde bem rapidamente e também não vi a fotografia. A verdade é que estávamos bem distraídos e sequer percebi que havia uma foto aqui nesta parede, ao lado da porta.

— Provavelmente foi isso mesmo. Erin não iria reconhecer mesmo o que estava escrito no bilhete, pois as atividades no laboratório eram muito sigilosas e ela não tinha contato com nada, além de ser muito jovem ainda na época — disse o doutor.

Ele prosseguiu:

— O nome Sanitatem não aparecia também na época. Eu pedi que fosse colocado nesta foto, pois era o nome do projeto. Só os pesquisadores conheciam, e eu queria colocar o nome quando o laboratório voltasse a funcionar.

O garoto, então, interrompeu, dizendo:

— Por que escolheu este nome, doutor?

— Esta palavra tem um significado muito forte para mim. Saúde é viver bem e ser feliz. Faz poucos dias que coloquei esta foto aí na parede, ela ficava comigo na universidade. Solicitei esta bela moldura para trazê-la para cá, mais perto de mim — disse o doutor.

O garoto, após refletir sobre as sábias palavras do doutor, apenas admirava a foto e os detalhes. Seu pensamento se distanciava naquele momento, lembrando-se de tantos momentos especiais vivenciados com o pai.

Uma noite muito especial e emocionante se passava, então o Dr. Fall convidou o garoto Franklin para dormir e para se prepararem para o dia seguinte. Ao se despedir do garoto e levá-lo até o quarto de visitas, o doutor lhe disse:

— Franklin, esta foi uma noite muito especial, espero que tenha aprendido bastante e gostado do que lhe mostrei. Fique tranquilo, pois as coisas vão se ajeitar, tudo dará certo. Apenas continue se esforçando desta maneira, pois eu não tenho dúvidas de que tudo que seu pai disse poderá, sim, acontecer, mas o caminho não será curto, nem simples, mas longo e árduo.

Franklin, então, disse:

— Muito obrigado, Dr. Fall. Levarei para sempre comigo tudo o que tenho aprendido com o senhor. Boa noite e até amanhã.

— Boa noite. Até amanhã — respondeu o doutor.

Quando o Dr. Fall se retirou do quarto, Franklin passou alguns minutos pensando bastante antes de dormir, virando de um lado para o outro. Os pensamentos não paravam nem por um segundo. O relógio marcava 4h42 e ele ainda estava acordado. O silêncio pairava sobre a casa, até que, minutos mais tarde, o garoto conseguiu pegar no sono.

No dia seguinte, bem cedo, todos se levantaram e tomaram um belo café da manhã, preparado especialmente pela Sra. Juliet Fall. No momento do café, Erin brincou com Franklin, dizendo:

— Pode me contar tudinho o que aconteceu ontem à noite. Ai de você se não me contar tudo!

Todos riram por alguns instantes, até que o doutor disse:

— Ontem foi uma noite de grandes descobertas para nosso amigo Franklin. Conte a elas o que você descobriu, Franklin.

Naquele momento, o garoto contou a elas o que se passara na noite anterior e como descobrira acidentalmente o que significava o bilhete que o pai havia lhe deixado. Ao contar os detalhes, o garoto se emocionou, porém permaneceu firme na explicação e mostrou a todos o respeito e admiração que tinha pelo falecido pai.

Na casa de Benjamin, todos se preparavam para levar Liz ao Hospital de Londres para o parto do primeiro neto do cônsul, Benjamin Jr. O cônsul, então, ligou para o Dr. Fall e pediu a ele que deixasse o garoto no hospital, se possível, pois todos estavam indo para lá naquele momento.

— Meu grande amigo Franklin, seu pequeno xará tem uma grande notícia para você. Vou deixá-lo curioso, no hospital vocês conversam — disse o Dr. Fall.

O cônsul, então, riu e disse:

— Você não tem jeito mesmo, Philip. Não demore então, pois estou realmente curioso para saber do que se trata.

Após se despedirem, o Dr. Fall se aprontou para partir com o garoto para o Hospital de Londres. Franklin então se despediu de Erin e sua mãe, Sra. Juliet Fall. Após agradecer todo o carinho e atenção das duas, ele e o doutor partiram.

O relógio marcava 8h25 quando os dois chegaram ao hospital. O cônsul já os aguardava no local. Liz já havia sido encaminhada para o atendimento, acompanhada do emocionado marido, Benjamin, e da sogra, Beatrice.

Ao ver o garoto Franklin, o cônsul logo abriu um sorriso:

— Franklin, Franklin, você tem acumulado? Muitas aventuras, hein, meu rapaz?

Todos riram por alguns instantes, até que o Dr. Fall começou a contar ao cônsul todos os detalhes do que se passara na noite anterior. Primeiramente, ele contou todos os testes que fizera com o garoto, percebendo o quão capacitado ele era, mesmo ainda tão jovem, perto de completar doze anos de idade.

Após contar os detalhes profissionais da noite que passaram juntos, o doutor deu a palavra ao garoto para que ele pudesse contar ao cônsul sobre o acontecimento mais importante da noite: a descoberta da mensagem do Sr. Gregório, deixada no bilhete pouco antes de ele morrer.

Ao ouvir a explicação do garoto, o cônsul se emocionou e o abraçou, dizendo:

— Que bom que enfim você conseguiu, meu garoto. Seu pai nos deixou pesquisando e pensando por mais de seis meses. Temos de reconhecer, ele é bom — brincou o cônsul.

Após aqueles instantes, o Dr. Fall se despediu e partiu para cuidar de assuntos pessoais. Felicitou o amigo pelo nascimento do primeiro neto e desejou muitas alegrias à família. Disse ao garoto Franklin e ao cônsul que mais tarde entraria em contato para conversarem sobre alguns detalhes da possível futura ida do garoto para Londres.

Sendo assim, o cônsul e o garoto Franklin subiram para a ala do hospital onde se encontrava Liz e os demais. Muito ansioso com a chegada do primeiro neto, o cônsul perguntava a todo instante como estava indo o parto. Beatrice o acalmava pedindo-lhe que desse uma volta pelo hospital com o garoto Franklin até que tudo estivesse terminado.

Poucos minutos depois, às 10h48 daquela manhã de sábado, 30 de agosto de 2008, nasceu o garoto Benjamin Jr., primeiro filho do casal Benjamin e Liz Rodhes. A alegria de todos era visível, alguns não contiveram o choro, e um deles foi o cônsul, que ficou muito feliz ao ver o primeiro neto.

Por volta das 15 horas chegou Steven, filho do cônsul, para conhecer o primeiro sobrinho. Steven foi até o hospital somente à tarde, pois a equipe tivera um jogo importante naquele dia, pela terceira rodada do campeonato inglês. Steven agora era jogador do Arsenal, um dos maiores times do futebol inglês, e havia enfrentado naquele dia a equipe do Newcastle.

Emocionado ao conhecer Benjamin Jr., Steven logo abriu um sorriso e parabenizou Liz e o irmão Benjamin. Aquela foi uma tarde muito especial para o cônsul e a esposa, Beatrice, que puderam ter a família reunida em um momento tão importante. Após tantos anos em que estiveram ausentes, eles podiam ver a felicidade dos filhos e o crescimento da família.

O garoto Franklin ligou para a mãe em Lilongwe e contou todas as novidades de Londres. Disse que estavam juntos no hospital e que o bebê havia nascido saudável e Liz estava muito bem. Emma ficou muito feliz em obter notícias e mais tranquila em saber que tudo estava correndo bem.

Franklin aproveitou para contar também que descobrira sobre o que o pai deixara para ele no bilhete. Ficou emocionado ao descobrir tudo na casa do Dr. Fall. Emma chorou ao telefone ouvindo o filho contar os detalhes e disse-lhe que o pai havia tido um sonho com ele há muitos anos, porém nunca tinha contado a ela muitos detalhes.

Emma disse que tudo estava bem em Lilongwe, e que Emily e Lullita estavam tranquilas e sentiam saudades. Após conversarem por um longo período, o garoto se despediu da mãe.

Depois de alguns instantes, o Dr. Albert Fins adentrou no quarto para ver como estavam a mãe e o bebê. Naquele momento, o doutor deu todas as orientações necessárias a Liz para que pudesse se recuperar da melhor forma possível da cirurgia cesariana.

— Após a cesariana você sentiu um pouco de frio e tremor, o que é normal, já está tudo sob controle. Preciso que você fique muito tranquila agora, sem nenhum tipo de movimento brusco. Evite também conversar muito, rir, pois você poderá sentir dores. A enfermeira irá lhe medicar durante sua recuperação aqui nos próximos dois dias antes da sua alta — disse o médico.

— Obrigada, doutor — agradeceu Liz.

Nos dias que se seguiram, Liz recebeu um excelente atendimento e se recuperava muito bem da cirurgia. O pequeno Benjamin Jr. também estava muito saudável e era amamentado pela mãe. Beatrice acompanhava de perto e ajudava em tudo que era necessário para a boa recuperação de Liz e os cuidados com o neto recém-nascido.

Benjamin, muito emocionado, tirava várias fotos daqueles momentos para que futuramente pudessem se recordar de tudo. Na segunda-feira, 1º de setembro de 2008, o cônsul se preparava para retornar a Lilongwe com o garoto Franklin. Eles partiriam no dia seguinte, terça-feira. O garoto deixou todas as coisas prontas e já sentia saudades dos momentos que vivera ali durante aqueles breves dias.

Na terça-feira pela manhã, Liz recebeu alta do Dr. Albert Fins, que a acompanhou durante toda sua gestação e nos dias seguintes ao parto do bebê Benjamin..

Antes de partir Liz agradeceu o excelente atendimento do Dr. Albert Fins e equipe. — Muito obrigada Dr. Albert, você é o melhor.

— Estarei à disposição Liz, e não se esqueça dos exercícios pós-natal — orientou o Dr.

Beatrice e o cônsul auxiliaram em todo o necessário. O garoto Franklin também se mostrava pró-ativo e auxiliava em tudo o que lhe pediam.

O voo para Lilongwe sairia às 19 horas, sendo assim o garoto Franklin avisou Erin do horário da partida. Erin pediu ao pai que a levasse ao aeroporto antes da saída do voo para se despedir do amigo e desejar boa viagem. O Dr. Fall também queria falar com o garoto e o cônsul antes de eles partirem, pois nos dias anteriores não fora possível, em razão das várias obrigações que surgiram.

Às 17h30, o cônsul e o garoto Franklin se despediram de todos. O Sr. Rodhes abraçou a esposa, pois ela ficaria em Londres ainda por alguns dias para auxiliar Liz nos cuidados com o bebê e na recuperação da nora. Emocionado ao se despedir, o garoto Franklin disse:

— Tio Benjamin, tia Liz, muito obrigado por tudo, estou muito feliz por ter participado deste momento tão importante para vocês. Espero que o Benjamin Jr. possa crescer saudável e feliz a cada dia.

— Obrigado, Franklin. Venha cá e nos dê um abraço — pediu Liz.

Após aqueles momentos, o cônsul partiu com o garoto Franklin para o Aeroporto de Heathrow. Chegando lá, às 18h15, encontraram Erin e o pai, Dr. Fall. O cônsul conversou bastante com o amigo Philip e questionou como seria o processo de inscrição do garoto Franklin na Universidade do Rei de Londres. O cônsul se preocupava muito com a pouca idade que o garoto ainda tinha, pois iria finalizar o ensino médio naquele ano tendo apenas doze anos de idade.

Enquanto isso, Erin e Franklin também conversavam bastante. Após alguns minutos, Erin pegou uma caixa que havia levado e disse:

— Sei que seu aniversário é na próxima semana, Franklin. Como não nos veremos até lá, gostaria de dar este presente a você. Espero que goste.

Feliz com o presente, o garoto disse:

— Muito obrigado, Erin. Já estou feliz mesmo sem saber o que é.

— Abra apenas dentro do avião, quando você chegar em Lilongwe me diga se você gostou — disse Erin.

— Está bem — respondeu o garoto.

O relógio já marcava 18h52. O cônsul então se despediu do amigo Philip. Antes de partir com Erin, o doutor revelou ao garoto:

— Franklin, foi bom ver você, garoto. Cuide-se em Lilongwe. Já conversei com meu amigo aqui e em breve falaremos sobre sua vinda para Londres. Apenas fique tranquilo e continue vivendo sua vida e curtindo a sua família.

— Obrigado, Dr. Fall. Farei isso. Foi bom ver vocês também, um grande abraço — disse o pequeno Franklin.

O garoto ainda disse a Erin:

— Tchau, Erin, espero ver você em breve. Muito obrigado pelo presente.

— Tchau, Franklin, boa viagem! A gente se vê! — disse Erin.

Minutos mais tarde, já no avião, o garoto conversava bastante com o cônsul e se demonstrava muito feliz pelos dias que havia passado em Londres. Ele então pegou a caixa que Erin havia lhe dado para descobrir o que era o presente.

Ao abrir a caixa, o garoto viu que Erin havia feito uma cópia da foto do laboratório para ele. Anexada à foto ela deixara uma mensagem dizendo:

"Faça do sonho de seu pai o seu sonho, pois você pode torná-lo realidade. Conte sempre comigo. Assinado: Erin."

Com a foto e a mensagem ainda havia uma segunda caixinha menor. Ao abri-la, o garoto viu um belo relógio que Erin escolhera para ele. Muito feliz com tudo o que recebera, o garoto passara o resto da viagem mostrando ao cônsul os presentes e conversando sobre todas as experiências que ele havia vivenciado em Londres.

Capítulo 14 – Definições

No dia seguinte, pela manhã, os dois chegaram ao Aeroporto Internacional de Lilongwe-Kamuzu. O motorista Mikel Lam foi buscá-los e, antes de partir para a residência do cônsul, fez uma breve parada na casa do garoto Franklin para deixá-lo. Ao ver o filho chegando, Emma não conteve a alegria e o abraçou emocionada.

Após alguns minutos, o cônsul se despediu e partiu para casa. As semanas seguintes passaram rapidamente e o garoto Franklin completou doze anos de idade, uma imensa alegria para todos que acompanhavam o crescimento daquele garoto tão especial. No início do mês de outubro, Beatrice retornou a Lilongwe para morar com o marido, pois já havia auxiliado bastante o filho e a nora nos cuidados com o bebê, Benjamin.

Nas semanas que se seguiram, a vida do garoto Franklin correu normalmente, ele pôde acompanhar o crescimento da irmã, o estado de saúde da mãe e da tia Lullita. Continuou se dedicando totalmente aos estudos e se preparando para em breve tentar uma bolsa de estudos em Londres.

Ao fim do ano de 2008, o garoto Franklin encerrava um período muito importante de sua vida. Na formatura no Lilongwe Centro de Aprendizado, Franklin recebera o prêmio de destaque escolar, tendo o nome gravado na história do colégio. Ele recebeu os cumprimentos de todos os professores, colegas e demais presentes na ocasião.

Uma fase de lutas e conquistas se findava, porém os desafios daquele garoto ainda estavam apenas começando.

O que ele enfrentaria daquele momento em diante? Muitas experiências já se acumulavam na vida do então menino. Conseguiria ele viver uma vida totalmente diferente em Londres?

Durante os meses de janeiro e fevereiro de 2009, o cônsul e o Dr. Fall providenciaram várias cartas de recomendação para facilitar o ingresso do garoto em um projeto de bolsa de estudos na Universidade do Rei de Londres. No início de fevereiro, fizeram a inscrição de Franklin no processo seletivo.

O garoto foi recomendado pelo próprio cônsul, ex--aluno da Universidade, pelo Dr. Fall, responsável pelo curso de Biomedicina da instituição, pela diretora do Lilongwe Centro de Aprendizado, Sra. Georgia Camps, e por vários professores do colégio, os quais puderam trabalhar com o garoto durante os anos naquela escola.

Além das cartas de recomendação, o cônsul anexou documentos comprobatórios de que a família não tinha condições de bancar os estudos do garoto e de que a bolsa realmente era necessária. O garoto passou a concorrer à vaga de bolsa de estudos baseada em natureza econômica, acadêmica e de habilidades especiais, pois também anexaram dados mostrando a alta capacidade dele, que desejava ingressar na universidade com apenas doze anos de idade.

Após todo esse processo, conseguiram marcar uma entrevista para o garoto junto ao diretor responsável pela universidade, que ficou curioso para conhecer o jovem malauiano. Após verificar todas as recomendações que o garoto apresentava, e as pessoas que apreciavam as habilidades dele, o diretor buscou obter detalhes acerca da vida do garoto em Lilongwe.

A entrevista ocorreria no dia 15 de abril de 2009. O cônsul então partiu com o garoto Franklin para Londres, auxiliando-o em tudo o que era necessário. No caminho, o cônsul o orientou bastante acerca de como funcionavam as entrevistas e o que buscariam descobrir sobre ele. Explicou que ele concorreria a uma vaga de bolsa para pesquisa, em que o intercambista deve ter acompanhamento e relatar a um ou mais responsáveis todo o processo desenvolvido.

Chegando à Universidade do Rei de Londres, logo entraram para a entrevista com o diretor Nick Mills, o qual iniciou fazendo algumas perguntas sobre a vida escolar do garoto. Após alguns minutos buscando informações, o diretor então disse:

— Vejo que você pretende obter uma bolsa de pesquisa integral total, a qual somente intercambistas excepcionais podem conseguir. Acho que o fato de você ter doze anos e estar aqui já me faz crer que possa, sim, ser um excepcional. Percebo que sua vida escolar foi exemplar, notas máximas em todas as matérias em todos os anos. A recomendação enviada por seu colégio é muito interessante.

Após ouvir o diretor, o garoto respondeu:

— Sim, senhor. Estou solicitando esta bolsa, pois é a minha chance de alcançar meus objetivos, e esta universidade representa tudo aquilo com que sempre sonhei.

— Conte-me um pouco mais sobre sua vida, sua rotina, seus objetivos, enfim, quero que me mostre quem é você e aonde você quer chegar — solicitou o diretor.

Enquanto Franklin esclarecia ao diretor sobre todos os questionamentos, o cônsul aguardava do lado de fora o término da entrevista individual do garoto. Franklin, então, foi explicando detalhadamente sobre sua vida ao Diretor, tudo que havia passado nos últimos anos, por que estava ali e quais eram os seus objetivos.

O diretor, impressionado ao ouvir o relato do menino, viu que realmente se tratava de um aluno diferenciado e gostou bastante de conhecê-lo. Após a entrevista individual, o diretor chamou o cônsul para que também fosse indagado acerca de alguns detalhes.

Após mais alguns minutos de conversa, o diretor agradeceu a presença deles e pediu que aguardassem algumas semanas até que recebessem a carta confirmando ou não a bolsa de estudos para o garoto Franklin. Sendo assim, os dois partiram de volta para Lilongwe rapidamente, pois o cônsul tinha muitas obrigações a cumprir em seu ofício.

Em casa, o garoto ficou ansioso por algumas semanas, aguardando a resposta da universidade. Naquele período, ele manteve contato com o Dr. Fall, que lhe disse ter conversado bastante com o diretor Nick Mills e que desejaria ter o garoto como estagiário e pesquisador júnior no laboratório da instituição.

Na última semana de maio, chegou a carta da Universidade do Rei de Londres. Antes de abri-la, o garoto ligou para o tio Franklin e a tia Beatrice convidando-os para que abrissem juntos a carta na casa dele. Emma e Lullita estavam ansiosas para saber o que aguardava Franklin. Já pensando na mudança do filho, Emma chorava muito, pois, mesmo sabendo da grande capacidade dele, também sabia que ele ainda era apenas um garoto de doze anos.

Antes de abrir a carta, o cônsul disse:

— Franklin, quero que você saiba que, independentemente do que estiver nesta carta, você é um vencedor. Não há motivos para que a universidade o rejeite, mas se isso ocorrer não desanime, nem abaixe a cabeça, pois sempre haverá uma nova oportunidade.

Após ouvir o cônsul, o garoto disse:

— Sim, tio Franklin, é verdade. Abra logo, pois estou muito ansioso — brincou o garoto.

Ao abrir a carta, o cônsul sorriu e revelou:

— Franklin Martin Gregório, você foi aceito!!! Bem-vindo à Universidade do Rei de Londres.

Ao ouvir as palavras do cônsul, o garoto se emocionou, pois começava ali uma nova etapa na vida dele. A cada lágrima que escorria no rosto, ele se lembrava do pai, dos momentos vividos com ele e do sonho de um dia honrá-lo.

Todos então o abraçaram e lhe deram parabéns por aquela grande conquista.

A notícia chegou ao Lilongwe Centro de Aprendizado, e todos os professores e a diretora entraram em contato parabenizando o garoto. Todos ficaram muito felizes vendo que um aluno do colégio conseguira uma vaga tão difícil em uma grande instituição de ensino da Inglaterra.

À noite, o cônsul preparou uma pequena festa para o garoto, auxiliado pela esposa, Beatrice. Vários amigos foram convidados e se alegraram com a conquista dele. Um jornal da capital procurou o cônsul para que pudessem fazer uma matéria com o garoto, que representava uma esperança para vários estudantes da região.

Na matéria, o jornalista destacou a rápida evolução do garoto e como ele pôde completar o ensino médio aos doze anos e já ser aceito em uma grande universidade. O título da matéria dizia: "O futuro de Lilongwe ou de Londres?". O jornalista ainda destacou a vontade do país de contar com jovens talentos para crescer, mas que provavelmente o garoto faria carreira no exterior. Em uma de suas falas, Franklin destacou o sonho de ser biomédico e de que as pesquisas seriam voltadas para o benefício de todo o povo do Malauí.

A notícia também circulou em algumas emissoras locais, pois era algo muito difícil de se ver na região, tendo em vista que o nível escolar no Malauí ainda era muito aquém do exigido no exterior. A mãe do garoto, vendo tudo o que acontecia, apenas pedia a Deus que guiasse o filho da melhor maneira possível naquela jornada em que ela não poderia acompanhá-lo.

Na semana de preparação para a viagem, o garoto organizou todos os pertences e sonhava com cada passo que seria dado dali em diante. Sua mãe, então, chamou-o para que pudesse orientá-lo. Emma disse ao filho:

— Querido, muitas portas estão se abrindo para você, e todos ficamos felizes em ver os rumos que sua vida está tomando. Porém, como sua mãe, eu preciso lhe aconselhar para que você não venha a se corromper e perder seus valores, deixando de ser quem você é.

Atento às palavras da mãe, o garoto disse:

— O que a senhora quer dizer, mãe?

— No mundo, meu filho, existem diferentes tipos de pessoas, como você bem sabe. Não acredite que todos que batem nas suas costas e sorriem para você são seus amigos e querem o seu bem — aconselhou Emma.

— Papai me falava muito sobre isso, mãe. É verdade — respondeu o garoto.

Emma, então, concluiu dizendo:

— Eu sentirei muito a sua falta, meu filho, mas eu sei que este é o seu caminho e espero que tudo corra bem.

Lembre-se de sempre nos ligar avisando sobre como estão as coisas por lá.

— Tudo bem, mãe, claro que farei isso, sentirei muito a sua falta, a senhora sabe. O papai estaria muito feliz neste momento se estivesse aqui — respondeu o garoto.

Emma abraçou o filho, ambos choraram por alguns minutos, até que Lullita chegou e disse:

— Meu pequeno rapaz, então você realmente vai nos deixar, não é? Que Deus o proteja em seus caminhos. Lembre-se de nos visitar, está bem?

— Pode deixar, tia Lullita, virei sempre que puder — respondeu Franklin.

Chegando o momento da partida, o garoto se despediu de todos, abraçou a irmã, Emily, que ainda não entendia bem o que se passava, mas já percebia que todos estavam tristes com a ida do irmão. O cônsul fez questão de acompanhar o garoto na ocasião, para ajudá-lo a organizar todas as coisas em Londres. Após a morte de Johnson, o cônsul tornou-se uma espécie de segundo pai para o garoto.

Já no aeroporto, os dois conversavam sobre tudo o que estava acontecendo e como o tempo passava rápido. O cônsul explicou ao garoto tudo o que havia sido resolvido com a instituição, que toda a documentação que eles haviam enviado em julho estava correta e que o visto de estudante dele estava pronto. Também salientou que a bolsa já estava garantida e ele teria acomodação e alimentação gratuitamente.

Ele ainda disse que enviaria mensalmente um dinheiro para que o garoto pudesse adquirir livros, entre outras necessidades que surgissem. O cônsul explicou que Franklin poderia contar com Benjamin e Liz para tudo o que precisasse, além do Dr. Fall, que seria o responsável pelo estágio dele. Eles teriam bastante contato a partir daquele momento.

— Apenas não conte muito com o Steven — brincou o cônsul. — A vida dele é viajar e viajar, jogar e jogar, mas sempre que puder ele também ajudará no que for necessário — complementou.

Capítulo 15 – Londres

Ao chegarem a Londres, na bela tarde do dia 27 de agosto de 2009, uma semana antes das aulas, conforme orientado pela própria instituição, os dois fizeram a pausa para o lanche na lanchonete preferida deles, que ficava no centro da cidade.

Naquele dia, os dois apenas descansaram da viagem e foram visitar Benjamin e Liz. O bebê completaria o primeiro aniversário em poucos dias e todos se alegraram em ver como o garoto crescia. Ainda naquele dia, Franklin foi rever a amiga Erin, além do Dr. Fall e a esposa, Juliet.

Todos o receberam com grande alegria, conversaram por um longo período e puderam assim relembrar tudo o que passaram no último ano. Eles não se viam desde agosto de 2008, quando Franklin havia viajado para Londres acompanhando o cônsul no nascimento de Benjamin Jr.

Em poucos dias, Franklin também faria aniversário, completaria treze anos. Já um pouco maior e mais maduro, ele agora se mostrava ainda mais inteligente e culto, mas sempre com a mesma humildade e carisma adquiridos do pai Sr. Gregório. Erin, naquele período, já estava com quinze anos e estudava num excelente colégio da cidade, se preparando também para entrar em uma universidade dentro de alguns anos.

Nos dias que se seguiram, o cônsul auxiliou o garoto Franklin no que era necessário para que ele pudesse iniciar os estudos com tranquilidade sabendo que estava tudo bem.

Poucos dias antes de se iniciarem as aulas, ele já havia organizado tudo, se instalado nas acomodações fornecidas para os bolsistas e tinha toda a documentação e matrícula prontas.

No fim de semana que antecedia o início das aulas, o garoto aproveitou um belo passeio acompanhado do tio Franklin, que queria curtir com o garoto alguns momentos, pois sabia que não o veria muito com o ingresso de Franklin na universidade. Os dois então foram para as margens do rio Tâmisa, na Galeria de Arte Moderna Tate Modern, instalada em uma antiga usina elétrica, com obras de arte do século XX.

Aquela era a maior galeria de arte do mundo com obras de Picasso, Warhol, Dalí, entre outros. O garoto ficara impressionado com tantas obras maravilhosas que pôde conhecer, muitas delas vistas apenas em fotos pela internet. Após visitarem a galeria, o cônsul levou o garoto para almoçar, e assim aproveitaram juntos aquele belo dia de sábado.

No domingo, Franklin aproveitou para sair com a amiga Erin. Os dois partiram sem destino passeando por toda a cidade. Um ponto que Franklin adorava na cidade de Londres era a ponte da Torre, ou Tower Bridge, uma ponte báscula construída sobre o rio Tâmisa. Após algumas horas de passeio, eles foram até um belo *shopping center* para curtir um cinema.

No fim da tarde, eles se despediram e o garoto partiu para a casa de Benjamin, a fim de encontrar o tio Franklin e os demais. Na segunda-feira, dia 7 de setembro de 2009, se iniciavam as aulas em período integral na Universidade do Rei de Londres. Na noite de domingo, o garoto se mostrava muito ansioso pelo início das aulas.

Benjamin e Liz conversaram bastante com o garoto e disseram que estariam à disposição para tudo o que ele precisasse. O cônsul, então, tomou a palavra e disse:

— Franklin, amanhã preciso estar em Lilongwe para cuidar de assuntos importantes no Consulado, portanto desejo a você muita sorte em seu primeiro dia. Infelizmente, não poderei ficar por mais tempo, pois minha presença realmente é requerida em Lilongwe. Além disso, Beatrice está com saudades — brincou o cônsul.

Todos riram por alguns instantes, até que Franklin explicou:

— Está tranquilo, tio Franklin, muito obrigado pelo apoio que todos têm me dado. Espero que tudo ocorra bem já no meu primeiro dia.

— Tudo ocorrerá bem — disse o cônsul.

Naquela noite, Liz preparou um belo jantar para eles e todos se alegraram. Após o jantar, o cônsul levou o garoto para as acomodações na universidade, a fim de que ele já se preparasse para o primeiro dia na instituição, e partiu para o aeroporto para retornar a Lilongwe.

Aquela noite foi uma das mais longas da vida de Franklin, um filme passava por sua cabeça e ele se lembrava a todo instante da família, e principalmente do falecido pai, Sr. Gregório. Embora ciente das habilidades que tinha e de todo o apoio que teria, o garoto sentia medo e preocupação pelo que viria, pois vivenciaria muitas novidades daquele dia em diante.

Ao pegar no sono, Franklin não sabia, mas muitas coisas se desenhavam na vida dele a partir daquele momento, e muitas surpresas o aguardavam nos próximos anos. Em

Lilongwe, Emma, Lullita e a pequena Emily sentiam muita falta do garoto, que ligava de Londres sempre que podia para dar notícias.

A cidade de Londres, além de ser sua capital, é a cidade mais importante da Inglaterra, tendo sido por dois milênios um grande povoado, e sua história remonta a sua fundação pelos romanos, quando foi nomeada Londinium. O centro de Londres, antiga cidade de Londres, ainda mantém fronteiras medievais. Pelo menos desde o século XIX, o nome Londres se refere à metrópole desenvolvida em torno desse local.

Ao acordar pela manhã, o garoto Franklin olhou para a estante e lá estava a foto do laboratório, que Erin havia lhe dado de presente. Todos os dias ele apreciava a foto e imaginava se tudo aquilo que o pai lhe escrevera realmente poderia acontecer. Após os pensamentos vagarem por alguns instantes, ele então respirou fundo e disse:

— É por você que estou aqui, pai. Muito obrigado por tudo o que o senhor me ensinou.

O garoto, então, tomou o café da manhã com alguns colegas, também bolsistas, que ficaram curiosos em conhecê--lo, vendo que era ainda tão jovem, prestes a completar treze anos. Alguns deles se mostraram pouco amigáveis, e o garoto então acabou permanecendo mais calado para evitar quaisquer tipos de problemas.

Muitas vezes era difícil caminhar entre as pessoas, e ele podia ver em muitos rostos o preconceito instalado em cada um. Misturava-se ao sentimento de novidade, euforia, com receio do preconceito e possível retaliação.

Durante o primeiro dia de aula, os professores busca-ram conhecer os novos alunos da instituição e promoveram diversas dinâmicas para que todos pudessem então se sentir mais à vontade. Durante o intervalo de uma das aulas, o garoto se encontrou com o Dr. Fall, que a partir daquele dia seria um de seus professores, além de o responsável pelo estágio do garoto.

 O Dr. Fall então perguntou:

— Como está sendo seu primeiro dia, Franklin?

— Muito bom, Dr. Fall, estou bastante animado! — exclamou o garoto.

— Espero de coração que você seja feliz aqui, Franklin. Lembre-se de que a partir da próxima semana você já terá atividades práticas comigo no laboratório — disse o doutor.

— Estou pronto para o que der e vier, Dr. Fall. Muito obrigado pelo carinho, realmente espero que eu possa aprender muito com o senhor — respondeu o garoto.

— Iremos aprender muito juntos, garoto — brincou o doutor.

Antes de se despedirem, o doutor disse:

— Almoce com a gente lá em casa no fim de semana, está bem?

— Está bem, doutor. Nós nos veremos durante as aulas da semana. Um abraço — disse o garoto.

No decorrer da semana, o garoto então participou de várias aulas e atividades propostas pelos professores, e assim foi conhecendo novas pessoas e aumentando seu círculo social. Infelizmente, nos primeiros dias de aula, dois alunos implicaram com o garoto quando ele demonstrou muito conhecimento em uma das disciplinas: anatomia I.

Ao responder a vários questionamentos do professor, o garoto foi apelidado por esses colegas de papagaio africano. O tom provocativo usado pelos dois tentava denegrir o conhecimento do garoto, como se ele apenas estivesse repetindo aquilo, como é feito pelo animal em questão. Sem dar muita atenção àquilo, o garoto prosseguiu atento às aulas.

Durante aquela semana de aulas em período integral, o garoto viu que a rotina não seria tão simples quanto em Lilongwe e todos os dias ele se dedicava à leitura à noite para estar sempre preparado para os desafios do curso. Já no primeiro semestre ele estudaria química geral, biologia celular, biossegurança e bioética, bioinformática aplicada à biomedicina, além de bioestatística e anatomia I.

O Dr. Fall lecionava as matérias de biologia celular e bioestatística, e era responsável pelo programa de estágios da instituição, além de ser o principal responsável pelo curso. A primeira semana de aulas passou rapidamente. Sempre que podia, o garoto fazia contato com a família em Lilongwe. Naqueles dias, ele se sentia muito sozinho e a saudade da família começava a bater.

Além da família do cônsul, a única amiga do garoto era Erin, e durante o almoço na casa do Dr. Fall, no fim de semana, o garoto pôde ver o quanto ela era importante na vida dele e como ele se sentia bem quando estava com ela. Um sentimento estranho tomou conta dele, que passou alguns dias bastante pensativo em tudo aquilo.

Nas semanas seguintes, Franklin continuou se dedicando aos estudos e passava muitas horas com o Dr. Fall cuidando de várias pesquisas e trabalhos que seriam desenvolvidos. Nos primeiros meses de aula, muitas pessoas da universidade já enxergavam o potencial do garoto e como ele era diferente de todos ali. Por causa de sua proximidade ao Dr. Fall, houve muito ciúme por parte de alguns, que tratavam o garoto de forma fria e o ignoravam.

Todas as noites, o garoto se sentia triste no quarto, vendo que ainda enfrentaria muito preconceito por parte de alguns. Quase diariamente Erin ligava para ele para saber como estava, e a resposta era sempre a mesma:

— Estou bem, Erin, e você?

Todavia, a garota percebia em seu tom de voz que ele estava triste ou chateado com algo, pois já se conheciam há algum tempo. Sendo assim, Erin tomou a liberdade e perguntou:

— Está tudo bem mesmo, Franklin? Pode me contar se estiver com algum problema.

— Às vezes me sinto um peixe fora d' água aqui, Erin, só isso. Acho que apenas preciso me adaptar melhor, me acostumar com o jeito das pessoas, pois nem todos parecem gostar de mim — respondeu o garoto.

— Isso é normal, Franklin, pois nem todos conhecem você como eu conheço, e é impossível agradar todas as pessoas. Não se preocupe com isso, apenas seja você e dê o seu melhor — disse Erin.

— Obrigado, Erin, você tem sido muito importante para mim — falou o garoto.

Nas semanas que se seguiram, tudo ocorreu normalmente e o garoto só tinha um pensamento: tornar-se um grande pesquisador na área da biomedicina. Todas as semanas, o Dr. Fall e ele estudavam vários livros e pesquisas para aumentar os conhecimentos do garoto na área, e todos os dias ele elaborava métodos e formas de se chegar à cura de várias doenças.

Mentalmente, o jovem Franklin desenhava todo o processo, imaginava possíveis variações dos vírus, assistia aos vídeos de cientistas explicando o comportamento celular e viajava em seus pensamentos, buscando descobrir um método de pesquisa inovador que mostrasse um resultado concreto.

Enquanto isso, em Lilongwe, Lullita não vinha se sentindo bem. Com 44 anos de idade, ela já sofrera muito com doenças graves que atacam a África. Graças aos tratamentos que começara a ter após reencontrar Emma, seu estado de saúde havia melhorado muito, porém desta vez ela se sentia muito mal, precisando ser levada ao Nkhoma Hospital.

Para não preocupar Franklin, a mãe preferiu não contar sobre o estado de saúde da tia Lullita, e o garoto então continuou focado nos estudos e pesquisas. Todas as semanas, Benjamin e Liz ligavam para o garoto para saber se ele estava bem e se precisava de algo. Pelo menos uma vez por semana ele os visitava.

O cônsul e sua esposa, Beatrice, sentiam muita falta do garoto e decidiram então programar uma visita no fim do ano e levar a família do garoto para passar o Natal e o Ano Novo com Franklin. Todavia, o estado de saúde de Lullita se agravou e Emma disse que infelizmente não poderiam fazer a viagem.

Em Londres, o garoto, agora com treze anos, vivia em um mundo novo e começava a se acostumar com isso. No entanto, nos poucos meses em que estava em Londres, não foram poucas as vezes em que se sentiu ignorado e até mesmo humilhado por algumas pessoas. A saudade de casa aumentava a cada dia e o garoto mantinha-se firme em seu propósito, sem nunca se esquecer do pai, que sempre o apoiara e ensinara a manter a cabeça erguida.

Em meados de dezembro de 2009, o Dr. Fall convidou Franklin para ir até a casa dele e trabalharem um pouco no laboratório particular. Aproveitando aquele momento, o doutor conversou muito com o garoto para saber como ele estava se sentindo na universidade e se estava gostando do que vinha vivenciando.

— Franklin, você sabe que Londres é uma Cidade Global Alfa, e um dos maiores, mais importantes e influentes centros financeiros do mundo. Aqui é onde as coisas acontecem na Europa. A oportunidade que você está tendo é gigante. Eu sei que você é jovem ainda e não tem sido fácil, mas, se você aprender a viver aqui, viverá em qualquer lugar — aconselhou o Dr. Fall.

— É verdade, Dr. Fall. Eu já conheço bastante sobre a cidade. Realmente viver num lugar que abriga as maiores e melhores companhias do Reino Unido é algo especial. Um dos motivos pelos quais eu vim é justamente pela grandiosidade deste país e das oportunidades que eu teria aqui para demonstrar meu potencial — disse o garoto.

— Basta você ter paciência que as coisas irão se ajeitar. Na universidade muitos já estão começando a conhecer você e a se interessar por seu potencial — disse o doutor.

— É sério, doutor? — perguntou o garoto em tom de curiosidade.

— Dois amigos meus, grandes pesquisadores, já entraram em contato comigo perguntando sobre você. Está aqui há poucos meses e já despertou interesse. Você está em um dos maiores centros do mundo em se tratando de política, finanças, educação, entretenimento, mídia, moda, artes e cultura em geral — disse o doutor.

— É verdade, doutor, é sempre bom conversar com o senhor. Muito obrigado — disse o garoto.

Após conversarem bastante, o doutor deu alguns conselhos ao garoto e pediu que ele permanecesse focado nos estudos. Após algumas horas juntos no laboratório, Erin chamou-os e disse:

— Papai, Franklin, venham tomar um lanche com a gente. Toda vez que vocês entram nesse laboratório se esquecem do mundo.

Franklin brincou dizendo:

— Ela tem razão, Dr. Fall. Acho que já até esqueci o meu nome.

Todos riram por alguns instantes e se dirigiram para a mesa de jantar, onde a Sra. Fall havia lhes preparado um lanche muito saboroso. Em um momento do lanche, o garoto reparou na família de Erin, olhou para os pais dela e se lembrou de como era em Lilongwe, quando o pai dele ainda estava vivo.

Vendo o olhar distante e triste do garoto, a Sra. Fall perguntou:

— O que foi, Franklin, o lanche não está bom?

Com um leve sorriso no rosto, o garoto disse:

— Está excelente, Sra. Fall, apenas estava me lembrando de alguns momentos em que pude estar assim em família. Como era bom ter meu pai por perto, sinto falta dele todos os dias.

Após passar bons momentos com a família Fall, o garoto se despediu e partiu rumo à casa de Benjamin para fazer uma visita. Chegando lá, ele foi recebido com muita alegria por eles.

— Olá, Franklin. Você demorou para nos visitar, estávamos com saudades — disse Liz.

— É verdade, tia Liz, peço que me desculpe, tenho estado muito atarefado com as coisas da universidade.

O garoto contou-lhes tudo o que havia ocorrido nos últimos dias e como ele estava se dedicando para achar meios de concluir sua pesquisa. Benjamin também contou muitas novidades ao garoto, sobre como o bebê Benjamin estava esperto e que havia começado a andar.

Franklin, então, perguntou:

— E como vai o Steven?

— Está viajando, como sempre. Desta vez de férias em Dubai. Olha que sofrimento — brincou Benjamin.

Eles riram por alguns instantes, conversaram mais um pouco até que Liz fez uma chamada via internet com o cônsul e Beatrice, para que eles pudessem ver o garoto e matar um pouco a saudade. Ao rever o Sr. e Sra. Rodhes, o garoto ficou muito feliz e mandou um forte abraço a eles. Ao perguntar sobre sua família, o cônsul então lhe contou que Lullita não vinha se sentindo bem e estava internada já há algum tempo.

Chateado com a notícia, Franklin perguntou:

— Tio, por que minha mãe não me contou sobre o estado de saúde da tia Lullita?

O cônsul respondeu-lhe:

— Sua mãe não quis preocupá-lo, Franklin. Ela sabe como é importante para você estar bem focado nos estudos.

— Eu sei, tio, mas me diga como ela está — pediu o garoto.

O cônsul, então, contou ao garoto que o estado de saúde de Lullita era grave, e que ainda não sabiam se ela ficaria bem. Disse que Emma estava bem, Emily continuava estudando e crescendo muito. Logo após conversar com o cônsul, o garoto telefonou para a mãe e pôde assim falar com ela por vários minutos e saber de tudo que acontecia em Lilongwe.

Capítulo 16 – Sentimentos

Após se despedir da mãe, o garoto se despediu também de Benjamin e Liz, e partiu para as acomodações na universidade. Chegando o Natal, o cônsul convidou todos para que pudessem ficar juntos em Lilongwe naquela data. Assim, Benjamin, Liz e o bebê Benjamin partiram com Franklin para Lilongwe no dia 24 de dezembro.

Ao chegarem a Lilongwe, o cônsul foi buscá-los no aeroporto com muita alegria. Pela primeira vez no Malauí, Benjamin e Liz puderam ver como era a vida ali, e assim constataram com os próprios olhos que a desigualdade social realmente era gigante.

O cônsul levou-os até o Nkhoma Hospital para que pudessem ver Emma e Lullita. Nas últimas semanas, Emma estava dando todo o apoio à grande amiga para que esta pudesse recuperar-se. Infelizmente, a cada dia, o quadro de Lullita piorava. O Dr. Steven Boss chamou Emma, o cônsul e Beatrice em particular e disse:

— Bom, como vocês sabem, o quadro da paciente é muito grave, um caso muito similar ao do Sr. Gregório. O organismo da paciente já não responde mais à medicação, e devo dizer a vocês que infelizmente não tenho mais recursos para reverter o quadro atual.

Emma começou a chorar, pois via que perderia mais um ente querido. Beatrice a abraçou e consolou, porém a tristeza de Emma era muito grande. Após conversarem com o doutor, o cônsul foi até os outros e explicou o quadro de Lullita.

O garoto Franklin, então, pediu para entrar no quarto e ver a tia Lullita, talvez pela última vez. Ao entrar no quarto, o garoto a abraçou e disse:

— Tia Lullita, como eu senti sua falta nos últimos meses.

Ela então respondeu:

— Meu querido, a cada dia você está mais bonito. Também estava com saudades de você.

— Eu não sei o que dizer, tia — disse o garoto.

— Não precisa dizer nada, Franklin, apenas continue fazendo o que você tem feito. Estude, se esforce, pois eu sempre acreditei em você, como seu pai. Você não conseguiu salvar seu pai, talvez não consiga salvar a mim, mas com certeza você conseguirá salvar milhões de pessoas um dia — disse Lullita.

Já aos prantos, o garoto abaixou a cabeça e disse:

— Será que eu conseguirei salvar a mim mesmo?

Lullita, então, o abraçou e disse em seu ouvido:

— Este é o seu destino, Franklin.

Ela, então, lhe deu um leve beijo e se despediu com um belo sorriso, um rosto tranquilo, marcado pelo tempo, pela dor, pela solidão, mas também pelo amor.

O garoto saiu do quarto cabisbaixo, sabendo que não poderia fazer nada para ajudá-la. Foi para fora do hospital e se sentou numa pedra, isolado de todos, apenas pensando em tudo o que havia acontecido na própria vida até aquele momento.

O cônsul levou Benjamin e Liz para sua casa, para que pudessem se acomodar e preparar o quarto do pequeno

Benjamin. Beatrice permaneceu no hospital com Emma, dando apoio a ela em mais aquele momento difícil.

Após sentir falta do filho, Emma começou a procurá-lo pelo hospital e não conseguiu encontrá-lo. Ao sair do hospital, logo ela o avistou, sentado, praticamente sem se mover, apenas com a cabeça baixa e os olhos cheios de lágrimas.

Emma então se aproximou do filho e disse:

— O que faz aqui, meu filho? Nem tivemos tempo de conversar desde que você chegou.

— As coisas não têm sido fáceis, não é, mãe? Não quero me acostumar a perder pessoas, todos de quem gostamos apenas partem e nunca podemos fazer nada a respeito — lamentou o garoto.

— Meu filho, nem sempre podemos ser heróis na vida, há momentos em que apenas estando perto da pessoa, dando seu apoio e suporte, você já será um herói para ela — revelou Emma.

— Mãe, eu prometo que não vou deixar isso acontecer com a senhora, eu juro. Se eu perdê-la também, não sei o que será de mim, mãe — disse Franklin.

— Não se preocupe com isso, meu filho, você é mais forte do que imagina. Como seu pai sempre dizia, "tudo ficará bem" — pediu a mãe.

— Espero que sim, mãe — concluiu o garoto.

Naquele momento, Beatrice chamou-os correndo e disse:

— Venham rápido, parece que Lullita teve uma complicação.

Os dois entraram rapidamente no hospital para obter notícias do quadro de Lullita. Em pouco mais de dez minutos, o Dr. Steven Boss deixou o quarto da paciente e disse:

— Infelizmente nós a perdemos, Sra. Gregório. Ela teve uma parada respiratória e não suportou. Tentamos reanimá-la, porém ela já estava muito debilitada. Sinto muito.

Naquele momento eles choraram a perda de Lullita, uma pessoa muito especial para todos. Beatrice ligou para o marido dando a notícia e pediu que ele as auxiliasse com relação ao velório, o enterro e tudo que fosse necessário no suporte à Sra. Gregório.

Naquele dia 24 de dezembro, eles não tiveram o Natal que programaram. Um dia sem brilho, sem presentes e sem alegria. O único sentimento era o de tristeza. Após o velório, no fim do dia, todos se prepararam para o enterro de Lullita no dia 25 pela manhã.

No enterro da amiga, Emma chorava muito e se via agora ainda mais sozinha. Momentos difíceis aqueles. O garoto Franklin segurava a irmã, Emily, no colo, que via tudo aquilo sem entender ainda muito bem o que se passava. O cônsul e a família também estiveram presentes dando apoio.

Nos dias que se seguiram, ainda muito abatidos com a perda de Lullita, todos tentavam prosseguir esperando tempos melhores. A perda de pessoas queridas havia se tornado uma triste rotina para todos. Chegando a virada de ano, o cônsul então decidiu oferecer um jantar em sua casa, e convidou o garoto Franklin e sua família.

Naquele dia 31 de dezembro de 2009, todos puderam confraternizar e esquecer-se pelo menos um pouco dos momentos tristes vivenciados nos últimos dias. Naquela noite, Beatrice reuniu todos e disse:

— Emma, eu conversei com meu marido e queremos fazer um convite a você.

Emma então perguntou:

— Que convite, Beatrice?

O cônsul tomou a palavra e explicou:

— Queremos que você venha morar conosco, Emma. Você e a pequena Emily serão bem-vindas em nossa casa. Enquanto o Franklin estuda fora, você não permanecerá tão sozinha.

Sem saber o que responder, Emma apenas olhou para o filho.

— Aceite, mãe, por favor. É uma coisa tão legal que estão fazendo por nós! — disse o garoto Franklin.

— Tudo bem. Não sei como agradecer — disse Emma.

O cônsul então falou:

— Emma, eu já estou com 58 anos e me aposentarei em breve, meus filhos já estão todos criados, já tenho até um lindo neto — brincou. — Nada seria mais satisfatório para mim e para Beatrice do que apoiar você e a pequena Emily. Nosso garoto em breve estará conquistando o mundo com sua genialidade.

Após ouvir as palavras do cônsul, Emma disse:

— Muito obrigada, Franklin. Você e Beatrice têm sido uma bênção para minha família desde o dia em que nos conhecemos. Todos sabemos que tudo o que alcançamos e tudo o que tem acontecido na vida dos meus filhos é porque um dia vocês nos ajudaram. Sou muito grata a vocês.

Assim, nos dias que se seguiram, eles providenciaram a mudança de Emma e a filha, a pequena Emily: a partir daquele momento elas morariam na casa do cônsul. Na semana seguinte, Benjamin, Liz, o pequeno Benjamin Jr. e o garoto Franklin partiram para Londres, de volta à rotina.

O garoto Franklin continuou os estudos e pesquisas e se dedicava cada vez mais. A cada dia que passava, ele só pensava em uma coisa: buscar uma cura definitiva para a doença que matara o pai e milhões de outras pessoas, principalmente na África. Dessa maneira, seguiu-se o ano de 2010, rápido como os anos anteriores.

Naquele ano, Franklin completara quatorze anos, já era destaque no curso de Biomedicina, e o Dr. Fall tinha plena confiança no garoto e em seu trabalho como estagiário. Franklin agora havia estudado novas matérias e sua capacidade e conhecimentos aumentavam a cada semestre. Após estudar biofísica, microbiologia, bioquímica, anatomia humana, embriologia, genética, biotecnologia, entre outras matérias, o garoto já se via mais próximo do sonho, pois já visualizava formas e métodos para encontrar uma possível cura para graves doenças.

No fim daquele ano, após ter ido visitar a família em Lilongwe, o garoto retornou a Londres para participar de uma convenção com o Dr. Fall. Os dois se encontraram no aeroporto e partiram rumo a Zurique para participar de um grande evento denominado "À procura de novas vias".

Naquele evento, repleto de grandes biomédicos, médicos infectologistas, empresários e autoridades políticas, os palestrantes destacaram os avanços nos estudos e pesquisas científicas para encontrar melhores soluções para os casos de Aids, câncer, doenças crônicas, doenças reumáticas, doença de Alzheimer, entre outros assuntos de suma importância para a saúde mundial.

O Dr. Fall, um biomédico muito respeitado na Europa, teve alguns minutos para falar principalmente acerca do vírus

HIV, causador da Aids. O garoto Franklin permaneceu atento às palavras do doutor.

— Caros amigos, companheiros de profissão, empresários, autoridades e imprensa. Tenho algo muito importante a dizer a vocês nesta noite. Eu acredito que em breve teremos soluções e pesquisas concretas para muitos desses casos que foram citados aqui. Todavia, julgo necessário ainda mais investimento na área, incentivos aos jovens para que a profissão tenha cada dia mais profissionais qualificados para conseguirmos, assim, grandes resultados — disse Dr. Fall.

Enquanto o doutor falava, o garoto permanecia atento. Já se imaginava um dia também dando um discurso daquela forma, podendo fazer a diferença no mundo.

— Este grandioso evento denominado "À procura de novas vias" é justamente para pararmos e pensarmos: "O que já fizemos? O que estamos fazendo? E o que faremos?" Todos sabem que nenhuma vacina até agora conseguiu estimular a fabricação de anticorpos capazes de destruir o vírus. Em todas as outras doenças também temos barreiras. Mas acredito que em breve teremos uma resposta concreta para tudo — prosseguiu o doutor.

Naquele momento, o Dr. Fall olhou para o garoto Franklin, deu-lhe um leve sorriso e disse ao público:

— Tenho o prazer de anunciar a vocês que o futuro está mais próximo do que imaginam. Em breve conhecerão um profissional que irá trazer muitas respostas para todos nós, e ele está aqui hoje, vendo e ouvindo tudo, para em breve estar aqui no meu lugar, não mais fazendo perguntas para vocês, mas dando respostas.

Assustado com as palavras do Dr. Fall, Franklin sentiu um frio na barriga e percebeu a dimensão que as coisas teriam em sua vida daquele momento em diante.

Para encerrar a breve participação no evento, o Dr. Fall disse:

— Quero agradecer a todos vocês, foi um prazer participar deste grande evento. Gostaria de dizer que espero, na próxima convenção, daqui a quatro anos, que estejamos aqui novamente falando audaciosamente sobre como conseguimos vencer mais uma vez. Um grande abraço a todos.

Todos aplaudiram o Dr. Fall de pé e, terminado o evento, muitos foram cumprimentá-lo pelas palavras e também para saber de quem ele falava. Para não expor o garoto Franklin, o doutor não revelou a identidade, mas disse que tinha um grande talento em mãos e queria lapidá-lo para que ele fosse um grande pesquisador. Disse também que o garoto já tinha um projeto de pesquisa muito interessante.

Após saírem da conferência, o Dr. Fall e o garoto Franklin partiram para o Aeroporto de Zurique. Os dois conversaram bastante no trajeto até Londres, e Franklin comentou com o doutor como foi importante para ele ter participado de um evento tão grandioso.

Já bastante cansados, os dois chegaram ao Aeroporto de Heathrow, em Londres. Pegaram um táxi e foram para a casa do Dr. Fall. A Sra. Fall já havia organizado o quarto de visitas para o garoto Franklin, a pedido do marido. Ao chegarem, rapidamente Franklin pegou no sono, enquanto o doutor ainda organizava a papelada do evento.

No dia seguinte, próximo da hora do almoço, o garoto Franklin se levantou. A amiga Erin estava no computador vendo as fotos do evento de que o pai e o amigo participaram. Franklin então se sentou ao lado dela e começaram a ver juntos as fotos. O garoto contou a Erin como foi emocionante ver o pai dela falando com tanta autoridade, e como aquele evento tinha sido importante na vida dele.

Em determinado momento da conversa, Franklin olhou bem para os olhos de Erin e ficou sem palavras. Aquele silêncio perturbador os deixava atordoados, até que Erin perguntou:

— O que significa isso, Franklin?

— Eu sinto algo especial por você, Erin — revelou o garoto.

Com um olhar um pouco triste, Erin disse-lhe:

— Franklin, também gosto muito de você, mas somos amigos. Tenho uma pessoa no momento.

— Eu entendo. Ele é uma pessoa de muita sorte, sabia? — disse Franklin.

— Não quero que isso mude nossa amizade, está bem? — concluiu a garota.

— Tudo bem, você é muito especial para mim para algo mudar — respondeu o garoto.

Após o almoço o garoto se despediu e partiu para as acomodações na universidade. Em casa, Erin passou o restante da tarde pensando no que acontecera. Franklin ficou um pouco chateado, mas tratou logo de esquecer o assunto e se concentrar nos estudos.

Iniciava-se mais um ano, 2011, um ano novo e cheio de esperança. Como todos os dias, o garoto apreciava na estante as fotos de sua família. Logo ao lado estava a foto do laboratório, um presente dado por Erin. Ao olhar aqueles retratos, a mente de Franklin se perdia no tempo e ele se lembrava de muitos momentos especiais que vivera.

No início de janeiro daquele ano, o cônsul e a esposa Beatrice decidiram ir até Londres passar alguns dias. Sendo assim, Emma e a pequena Emily acompanharam o casal na viagem. Ao chegarem a Londres, o cônsul ligou para o garoto

Franklin e disse-lhe para ir até a casa de Benjamin que lá ele teria uma surpresa.

Franklin logo se aprontou e partiu para a residência de Benjamin. Chegando lá, ele se deparou com a mãe, a irmã, o tio Franklin e a tia Beatrice. Logo abriu um belo sorriso e abraçou todos. Após alguns instantes matando a saudade da família, o garoto perguntou:

— Então vocês resolveram me fazer uma surpresa? Vão ficar quantos dias conosco?

O cônsul respondeu:

— Vamos ficar três dias apenas, é só uma visita rápida para vermos como estão as coisas por aqui.

— Está ótimo, tio Franklin. Vamos aproveitar para apresentar um pouco mais da cidade à minha mãe. Agora sou quase um cidadão londrino — brincou o garoto.

Todos passaram aquele dia juntos, conversaram bastante, e Franklin então lhes contou como havia sido a conferência internacional em Zurique e como o Dr. Fall falou com muito entusiasmo.

No dia seguinte, após todos estarem mais descansados da viagem, o cônsul propôs um passeio pela cidade. A pequena Emily se encantava com os belos locais que nunca havia visto, e Emma pôde conhecer melhor o local onde o filho morava e estudava.

Franklin começou a falar um pouco sobre a cidade para a mãe. Após mostrar alguns pontos importantes na cidade, como a Torre de Londres, o Palácio de Westminster e a Igreja de Santa Margarida, ele disse:

— Mãe, Londres tem uma diversidade muito grande de povos, culturas e religiões. Mais de trezentos idiomas são falados no território londrino. A população é de cerca de oito milhões de habitantes dentro dos limites da cidade.

— Não sei se conseguiria viver num lugar assim. Sou acostumada à simplicidade e, quanto mais quieto o lugar, melhor — brincou Emma.

Ela ainda complementou dizendo:

— Meu filho, você está feliz aqui?

— Sim, mãe, estou. Às vezes é difícil, sinto muita falta de vocês, mas preciso prosseguir, pois meus objetivos estão mais próximos agora. Tenho tido um apoio muito grande do Dr. Fall, ele tem um carinho muito especial por mim — disse o garoto.

— Que bom, meu filho — disse a mãe.

Após aqueles momentos, eles então retornaram à casa de Benjamin, onde Liz havia lhes preparado um belo almoço. Franklin sabia que devia aproveitar ao máximo aqueles momentos, pois demoraria alguns meses para rever a família. Os três dias se passaram rapidamente. Sendo assim, o cônsul, a esposa, Emma e a pequena Emily partiram de volta a Lilongwe.

Capítulo 17 – Pesquisas

Nas semanas seguintes, Franklin manteve-se focado nos estudos e pesquisas. Ele decidiu mostrar ao Dr. Fall como andavam os trabalhos. Os dois então se sentaram e discutiram soluções por longas horas no laboratório da universidade. Ao ver o nível da pesquisa do garoto, o doutor ficou encantado, pois viu que tinham um caminho a seguir e que aquela pesquisa poderia trazer bons resultados.

O Dr. Fall decidiu criar um evento na Universidade do Rei de Londres, exclusivo para os alunos da área da saúde. Poderiam participar os estudantes de Medicina, Biomedicina, Enfermagem, Fisioterapia, além de ex-alunos e demais interessados nos temas em destaque. A proposta era que os alunos apresentassem as ideias e teorias de forma livre.

Em meados de março de 2011 ocorreu o evento. Além dos alunos, ex-alunos e professores, o evento também contou com a presença do diretor, Nick Mills, alguns profissionais de medicina e empresários da região.

Vários alunos fizeram apresentações, deram ideias para possíveis pesquisas que seriam de interesse público e mostraram os rumos e desafios que eles teriam pela frente. Franklin foi um dos alunos a apresentar ideias, todavia ele teve um problema na apresentação.

No momento de iniciar a fala, Franklin teve seu microfone cortado. Sem entender o que se passava, o garoto solicitou um novo microfone. Ao começar a apresentação, as imagens que apareceram no telão não eram as que ele utilizaria, e sim fotos de pessoas africanas sofridas, desnutridas e com sérios problemas de saúde. Franklin considerou a brincadeira de muito mau gosto e decidiu falar a respeito:

— Aproveitando que temos essas imagens no telão, gostaria de falar um pouco a respeito. Essas imagens não são as da minha apresentação, mas considero importante falar sobre elas.

Aquele espaço da universidade reservado para apresentações tinha capacidade para trezentas pessoas. O local estava completamente lotado, e uma das pessoas mais atentas à apresentação de Franklin era o Dr. Fall.

O garoto prosseguiu dizendo:

— A causa principal de eu estar aqui hoje, estudando nesta grande universidade e me dedicando a pesquisas e estudos científicos, é justamente que, no futuro, não existam mais imagens como estas que os senhores veem. Eu sou africano, nasci num país chamado Malauí, localizado no sul do continente. Muitos ficam chocados vendo imagens como esta em um telão, mas eu lhes digo que já vi pessoalmente por diversas vezes cenas como estas.

O público estava atento às palavras do garoto, que falava com muita tranquilidade, porém demonstrando uma autoridade incomum e grandes habilidades de comunicação. Após alguns minutos discursando sobre os problemas no continente africano, ele disse que a saída era investir primeiro na saúde do povo, para que pudessem ter força e disposição para o estudo e o trabalho.

Após abordar o tema da desigualdade social no mundo, ele então se voltou para a apresentação oficial, que era acerca de suas pesquisas sobre o vírus HIV. Na apresentação, ele disse que estava há alguns anos pesquisando e enfim se via chegando a um resultado concreto.

— Eu concordo com um grande pesquisador que diz que é necessário encontrar novas abordagens para se obter uma vacina capaz de atuar em vários aspectos. Em minhas pesquisas, tenho buscado uma maneira de acionar vários elementos do sistema de defesa ao mesmo tempo. Na minha opinião, o segredo está no fortalecimento das células B, ligadas à fabricação de anticorpos, além de se conhecer o real potencial das células T, que atuam contra o vírus HIV — disse Franklin.

O Dr. Fall olhava a apresentação e se encantava com tamanho potencial em um garoto que ainda completaria quinze anos de idade.

— Uma grande empresa desistiu publicamente da pesquisa da vacina que vinha sendo considerada uma esperança para todos. É preciso investir em estudos orientados para esta causa. Precisamos entender como o sistema pode atuar e incrementar a produção de células T — prosseguiu o garoto.

Ele ainda continuou dizendo:

— Enquanto a cura não vem, muitos investem em pesquisas para novos medicamentos que possam atuar como controladores da multiplicação do vírus HIV dentro das próprias células do sistema imunológico. Os medicamentos antirretrovirais ainda não conseguem impedir o avanço de todas as frentes do vírus. Em cerca de 30% dos pacientes ele apresenta resistência a este tratamento.

Ele, então, complementou dizendo:

— Quem explica e muito bem esse fator de resistência é o Dr. Frank Tomaz, renomado médico infectologista, responsável pelo laboratório de imunologia e pesquisador da Universidade de Harvard. De acordo com ele, o vírus multiplica-se rapidamente. Dessa maneira, milhares de novas partículas virais são formadas todos os dias. Nesta rápida replicação, acabam surgindo as mutações de resistência. Creio que seja importante maior investimento para que enfim possamos vencer este vírus.

Todos permaneciam atentos à apresentação de Franklin enquanto ele se despedia dizendo:

— Bom, o que eu tinha hoje para dizer era isso. Quero agradecer a presença de todos, foi um prazer estar aqui com vocês.

Após os agradecimentos, o garoto foi aplaudido por todos, que ficaram admirados com tamanha ousadia e inteligência demonstrada naquele palco. O Dr. Fall se aproximou dele e disse:

— Franklin, meus parabéns! Sua apresentação foi excelente!

Ele então respondeu:

— Muito obrigado, doutor. Fiz o meu melhor — respondeu o garoto.

Em seguida, aproximou-se deles um grande empresário do setor farmacêutico, conhecido do Dr. Fall, e disse:

— Dr. Fall, realmente não me arrependi de ter vindo a este evento. Muito obrigado pelo seu convite. O rapaz parece ter um futuro brilhante. Vamos marcar uma reunião, gostaria de investir em um projeto de pesquisa administrado por você.

— Será um prazer, Sr. Matt Grew. Nós nos falaremos no decorrer da semana — concluiu o Dr. Fall.

Franklin cumprimentou o Sr. Matt Grew e disse:

— É um imenso prazer conhecê-lo pessoalmente, Sr. Matt Grew. Já o conheço através da mídia, pois a sua empresa é uma das mais renomadas do mundo no ramo farmacêutico.

— O prazer é meu, meu jovem. O que você disse hoje me deixou curioso. Gostaria de ouvir mais sobre suas pesquisas — pediu Matt Grew.

— Com certeza. Espero que possamos nos encontrar novamente — respondeu Franklin.

Sendo assim, Franklin e o Dr. Fall se despediram do empresário Sr. Matt Grew. Nos dias que se seguiram, eles prepararam o material para mostrar devidamente organizado ao empresário os objetivos das pesquisas. Uma das secretárias do empresário telefonou para o Dr. Fall marcando uma reunião para o dia 28 de março de 2011. Muito feliz com as novidades, o garoto Franklin decidiu telefonar para a mãe e para o tio Franklin.

Ao falar com o cônsul, o garoto disse:

— Tio Franklin, a Farmacêutica Grew, do grande empresário Sr. Matt Grew, está interessada em nossas pesquisas sobre o vírus HIV. Pesquisei na internet e vi que eles têm um faturamento de cerca de cinquenta bilhões de dólares! É uma mega indústria.

O cônsul, feliz com as novidades, disse-lhe:

— Fico muito contente em ouvir isso, Franklin, enfim vocês poderão obter um financiamento para as pesquisas. Todavia, converse bastante com o Dr. Fall para que vocês possam fazer um contrato no qual você tenha suas pesquisas protegidas. Valorize o seu trabalho e o do Dr. Fall.

— Com certeza, tio, obrigado pelas dicas. Assim que conversarmos, ligarei para passar as novidades. Um abraço, espero que todos estejam bem.

— Um abraço, Franklin, estamos todos bem, sim — respondeu o cônsul.

Nos dias anteriores à reunião na Farmacêutica Grew, Franklin e o Dr. Fall se dedicaram muito à organização de todo o projeto de pesquisa para o qual pretendiam obter financiamento. Aquele investimento poderia ser a chance de eles reabrirem o antigo laboratório do Dr. Fall.

Erin, ao ver a dedicação diária do pai e do amigo Franklin, sentia-se feliz por eles e torcia para que tudo desse certo. Em alguns momentos que passavam juntos, Erin observava muito o comportamento de Franklin, e a cada dia ela se via mais estranha e não conseguia compreender seus sentimentos por ele.

Franklin só sabia de uma coisa: Erin era a garota de quem ele gostava. Outra pessoa não serviria, pois seu coração era totalmente dela. Todavia, Erin estava em um relacionamento com um jovem estudante do colégio, e não tinha certeza do que queria ainda, pois era uma garota de dezesseis anos.

Sem tempo para pensar no amor, Franklin apenas se concentrava na reunião que poderia mudar sua vida para sempre. Junto ao Dr. Fall, um dia antes da reunião, eles definiram tudo que abordariam com o empresário. Decidiram que fariam um contrato que protegeria o trabalho deles, para que, em caso de sucesso nas pesquisas, a farmacêutica não ficasse com todos os lucros de uma possível patente.

Capítulo 18 – Projeto Sanitatem

No dia 28 de março, no horário marcado, lá estavam eles aguardando o Sr. Matt Grew para enfim iniciarem a reunião de negócios. A secretária então solicitou que eles entrassem na sala de reuniões e aguardassem alguns minutos. Franklin ficou encantado ao entrar numa sala tão luxuosa e bonita como ele nunca vira antes.

Em seguida, chegaram o empresário, Sr. Matt Grew, acompanhado do Sr. Alan Morris, além do chefe de pesquisas avançadas, Sr. Bryan Sinc, filho do Dr. Edward Sinc, o mesmo médico que cuidara do Sr. Gregório no Hospital de Londres. Franklin estava pela primeira vez em uma grande reunião de negócios, vestido muito elegantemente com um terno presenteado pelo próprio Dr. Fall.

Ao iniciarem a reunião, o Sr. Matt Grew primeiramente apresentou-lhes a companhia, destacou a força dela no mercado e os recentes números. O sócio, Sr. Alan Morris, também destacou algumas informações.

— Senhores, como sabem, nossa Indústria conta com profissionais altamente qualificados e temos patentes de alguns dos medicamentos mais importantes do mundo. Todavia, temos enfrentado um problema: as próprias patentes — disse o Sr. Morris.

Enquanto todos prestavam muita atenção nas palavras dele, o Sr. Alan Morris prosseguiu dizendo:

— Elas são o verdadeiro patrimônio de uma empresa do setor farmacêutico e, dentro de alguns anos, teremos um grande número de medicamentos bem-sucedidos no mercado substituídos por genéricos, graças à expiração de patentes.

O Dr. Fall então disse:

— Compreendo. As patentes geralmente expiram num prazo de vinte anos. Estou correto, Sr. Morris?

— Exatamente, Dr. Fall. Por causa disso, muitas empresas do setor estão começando a cortar gorduras, se é que me entendem. Nossa administração, todavia, tem um pensamento diferenciado. Desejamos investir em novos projetos potenciais para que em breve possamos ter novas patentes de medicamentos que continuem solidificando nossa empresa no mercado — explicou Alan Morris.

Atento às palavras de Alan Morris, o Dr. Fall disse:

— Considero um plano inteligente, já que é prevista uma queda no setor farmacêutico dentro de três a quatro anos. É um modo de lutar contra a expiração de patentes e manter a empresa atuante.

— Exatamente — completou Alan Morris.

Bryan Sinc, chefe de pesquisas avançadas, disse:

— Bom, creio que agora é a vez de o nosso jovem falar. Apresente-se, estamos curiosos para conhecê-lo.

Franklin então se apresentou:

— É um imenso prazer estar aqui com vocês. Meu nome é Franklin Martin Gregório, sou estudante do 4º período de Biomedicina na Universidade do Rei de Londres. Atualmente, trabalho como estagiário com o Dr. Fall. Tenho quatorze anos, sou de Lilongwe, no Malauí.

— Este nome não me é estranho. Lembro que meu pai atendeu por algumas vezes um paciente malauiano chamado Sr. Gregório. Se me lembro bem, ele fazia tratamento contra Aids — disse Bryan Sinc.

— Exatamente, Dr. Bryan. Infelizmente, a doença venceu e meu pai faleceu há alguns anos — disse Franklin.

— Sinto muito — respondeu Bryan Sinc.

— A morte do meu pai foi um dos fatores que me motivaram a seguir esta carreira, quero encontrar a cura para a doença que o matou — falou Franklin.

— Jovem e obstinado, tenho saudades desta fase — revelou Matt Grew. — Mostre-nos suas pesquisas, por favor — complementou.

Assim, Franklin e o Dr. Fall mostraram a eles todo o projeto de pesquisa e como estavam avançando na obtenção de resultados. Todavia, como não tinham um laboratório à altura para desenvolver o projeto, ainda não haviam obtido resultados concretos.

Bryan Sinc, chefe de pesquisas avançadas, gostou muito do projeto do jovem Franklin e deu uma opinião positiva aos sócios da empresa com relação ao investimento nesse projeto. Após ouvirem todas as informações passadas pelo garoto e pelo Dr. Fall, os sócios decidiram então fazer uma proposta.

— Dr. Fall, queremos investir no projeto. Irei lhe fazer a seguinte proposta: vocês assinarão um contrato com nosso laboratório, dando total direito sobre a patente advinda das pesquisas do projeto. Em contrapartida, iremos investir cerca de cem milhões de euros na primeira fase do projeto, montando um laboratório especializado, com todos os equipamentos necessários. Também providenciaremos toda a equipe necessária à manutenção e consecução do projeto — disse o empresário Matt Grew.

Enquanto o Sr. Matt Grew falava, eles permaneciam atentos. O empresário complementou dizendo:

— Dr. Fall, estabeleceremos uma *joint venture*, a qual será detentora de 20% do capital social investido. Ela atuará na área de pesquisa, desenvolvimento, produção, distribuição e comercialização de medicamentos. Esta personalidade jurídica existirá apenas para a exploração deste negócio.

Após ouvir a proposta do Sr. Matt Grew, o Dr. Fall solicitou alguns minutos a sós com o jovem Franklin, para que pudessem conversar melhor.

— Franklin, a proposta não é ruim, mas creio que pode ser melhorada — disse o Dr. Fall.

— Também penso assim, Dr. Fall — respondeu o garoto.

Os dois, então, discutiram algumas alternativas para que pudessem assim fechar o acordo da melhor maneira possível. Franklin teve uma ideia interessante e decidiram fazer uma contraproposta aos empresários.

O Dr. Fall disse-lhes:

— Temos duas solicitações a fazer. Primeiro, queremos que o laboratório e o projeto tenham o nome de Sanitatem, pois é um nome representativo para nós. Vocês não precisarão se preocupar com o espaço físico, pois já tenho o prédio onde poderão ser montadas as instalações. A segunda solicitação é que seja aberta uma ONG denominada Instituto Johnson Gregório, uma instituição sem fins lucrativos, de responsabilidade do jovem Franklin.

Alan Morris então perguntou:

— Uma ONG orientada para qual finalidade, Dr. Fall?

Franklin tomou a palavra e disse:

— Este Instituto deverá ser financiado com 10% de participação sobre todos os lucros advindos da possível venda de medicamentos e toda a renda será revertida para a distribuição de medicamentos no continente africano. A renda também poderá ser utilizada para a aquisição de bens de consumo e construções que ajudarão no desenvolvimento do continente.

— Compreendo. É uma bela causa. Todavia, você tem apenas quatorze anos, como seria o responsável por esse projeto? — disse Alan Morris.

— O cônsul, Sr. Franklin Martin Rodhes, assinará por mim e será o responsável até que eu atinja a maioridade — respondeu Franklin.

— Aprendendo a negociar desde jovem! Gostei de você! — brincou Matt Grew.

Após todos colocarem as propostas em jogo, os empresários então decidiram pensar por alguns dias e, assim que tivessem uma posição, entrariam em contato para o fechamento do negócio.

Alan Morris finalizou:

Agradecemos a presença de vocês. Dentro de alguns dias entraremos em contato. Caso aceitemos a proposta, nossos advogados elaborarão o contrato que será enviado para que os senhores possam analisar e, se estiverem de acordo, assinar.

— Perfeitamente — concordou o Dr. Fall.

Sendo assim, os dois se despediram e partiram rumo à universidade para que pudessem conversar em particular sobre toda a reunião.

— De onde você tirou aquela ideia da ONG em homenagem ao seu pai? Achei uma ideia genial! — disse o Dr. Fall.

— Apenas me veio à mente na hora, acho que é algo de que meu pai ficaria orgulhoso — respondeu Franklin.

O Dr. Fall então lhe disse:

— Não tenho dúvidas de que ele está muito orgulhoso de você! Eu também estou!

Os dois se abraçaram felizes por tudo que estava acontecendo. Franklin telefonou para o cônsul e explicou todos os detalhes do que tinha ocorrido na reunião e disse-lhe que agora aguardavam uma resposta dos empresários. O cônsul contou-lhe todas as novidades de Lilongwe e disse que tudo estava bem e que todos estavam com saudades.

Duas semanas depois, os advogados da Farmacêutica Grew entraram em contato com o Dr. Fall para o fechamento de alguns detalhes. Naquela ocasião, o cônsul veio até Londres para assinar o contrato em nome do jovem Franklin, que ainda era menor de idade. Após conferirem todas as cláusulas, o contrato foi assinado.

O dia 12 de abril de 2011 ficaria marcado para sempre na vida do jovem Franklin, que via mais próxima a realização de seu sonho. Naquela noite, fizeram uma grande festa na casa do Dr. Fall e muitas pessoas foram convidadas. Entre os participantes estavam os empresários da Farmacêutica Grew, Sr. Matt Grew e o Sr. Alan Morris, além de alguns amigos pessoais do Dr. Fall e a família do cônsul, representada por Benjamin, a esposa e o filho.

Uma noite muito especial para todos, em que brindaram aquela que poderia ser a noite que marcaria uma nova era na biomedicina mundial. Um pouco atrasado, chegou o Dr. Frank Tomaz, que, a pedido do grande amigo Dr. Fall, seria um dos responsáveis pelas pesquisas e acompanharia todo o processo. A experiência dele seria fundamental para o sucesso do projeto.

Naquela noite, os empresários anunciaram que a abertura do laboratório seria no dia 9 de outubro daquele ano, pois levariam cerca de seis meses para organizar toda a documentação, reformar o laboratório, adquirir todos os materiais e equipamentos necessários, além de formar toda a equipe que trabalharia no projeto.

Em determinado momento da festa, Franklin decidiu se isolar de todos. Ele então subiu até o terraço do belo sobrado construído pelo Dr. Fall para poder observar o céu. Respirando um ar fresco, olhando para o alto e observando o céu estrelado, a mente do jovem Franklin começou a vagar pelo tempo e pelo espaço, lembrando-se da infância e dos momentos bons e ruins que passara junto à família.

Lembrou-se do nascimento da irmã, da morte de Harold, da perda do pai, do dia em que conheceu Lullita no Mercado de Lilongwe e, por fim, do dia em que conheceu Erin, no casamento de Benjamin.

Tantas lembranças e momentos especiais vividos e ele ainda era um jovem que completaria quinze anos de idade. O que ainda reservava o futuro de um jovem tão brilhante? Enquanto ele olhava para o céu e sorria, Erin aproximou-se dele e segurou suas mãos.

Ao ser tocado pela garota que amava, o coração dele saltitava de emoção, e por breves segundos seus lábios permaneceram imóveis, nenhuma palavra saiu de sua boca, até que Erin disse-lhe:

— Franklin, você ainda está apaixonado por mim?

Sentindo um intenso frio na barriga, o jovem então respondeu:

— Sempre e para sempre.

O sorriso de Erin ao ouvir aquela resposta foi o momento mais especial da noite para o jovem Franklin, que após alguns segundos de olhar intenso enfim a beijou. Os dois permaneceram juntos por vários minutos, e Erin confessou para Franklin que enfim havia percebido o quanto gostava dele. Franklin então perguntou:

— E o seu namorado, Erin?

— Terminei com ele há duas semanas, mas preferi não comentar nada com você, pois ainda tinha dúvidas sobre meus sentimentos e você estava muito ocupado com toda essa coisa de laboratório... — respondeu Erin.

Franklin abriu um sorriso e disse:

— O importante é que estamos aqui hoje.

Após aqueles momentos tão especiais para eles, ambos desceram e se juntaram ao restante dos convidados. O relógio já marcava 2 horas e os convidados começaram a se despedir. No fim da noite, o Dr. Frank Tomaz chamou o jovem Franklin e disse-lhe:

— Franklin, será um prazer ter um jovem talento como você na equipe. Devo dizer-lhe para se preparar nos próximos meses, pois a partir de 9 de outubro você dormirá e acordará apenas com uma palavra em sua mente: teste.

Franklin, com um olhar um pouco assustado, sorriu e perguntou ao doutor:

— Por que esta palavra, doutor?

O doutor então bateu no ombro do rapaz e disse:

— Porque nenhum grande cientista ou nenhum grande homem conseguiu desenvolver ou criar algo incrível em sua primeira tentativa. Pelo contrário, muitos deles tentaram por tantas vezes que quase chegaram a desistir. Esteja preparado para entrar naquele laboratório mil vezes e sair com mais perguntas do que respostas.

— Poxa, Dr. Frank, sem dúvidas será uma grande honra poder estar no mesmo laboratório que o senhor — afirmou Franklin.

Após conversarem, o Dr. Frank Tomaz se despediu de todos para retornar ao hotel em que estava hospedado. O cônsul convidou o jovem para também se despedirem e retornarem à casa de Benjamin, pois Liz já se sentia cansada e o pequeno Benjamin já havia dormido.

Todos agradeceram a hospitalidade do Dr. Fall e da família dele e partiram para a residência de Benjamin. Durante os seis meses seguintes, Franklin e o Dr. Fall trabalhavam com afinco nas pesquisas e auxiliavam na organização do tão aguardado laboratório. O cônsul, já de volta a Lilongwe, mantinha Emma sempre informada sobre as atividades do filho. Franklin se dividia entre as atividades com a universidade, o projeto com o Dr. Fall e o namoro com Erin.

No dia da inauguração do laboratório, foi cumprido um protocolo especial e a Farmacêutica Grew deu então as boas-vindas a toda a nova equipe. Quando o jovem Franklin viu a faixa ser retirada e enfim pôde ver a placa do novo laboratório, não conteve as lágrimas. "Sanitatem – Centro de Pesquisas e Análises", um sonho se realizava naquele momento. As únicas palavras que vinham à mente do jovem eram: "Pai! O senhor estava certo, pai".

Naquele ano, o jovem Franklin continuava a se profissionalizar cada vez mais na Universidade do Rei de Londres e já se destacava em cada período avançado no curso. Após estudar microbiologia, parasitologia, imunologia, biologia molecular, patologia, farmacologia, bioquímica clínica, entre outras disciplinas, o nível de conhecimento que acumulava era tão grande que o Dr. Fall começava a se preocupar em como controlar tal avanço para que ele não atropelasse os métodos de pesquisa normais.

Já nos primeiros meses de funcionamento do laboratório, muitos avanços foram obtidos. Além do Dr. Fall e do jovem Franklin, que foi contratado como estagiário, o laboratório contava com a consultoria do Dr. Frank Tomaz e a gestão de Bryan Sinc, que era o responsável pelas pesquisas avançadas da Farmacêutica Grew. Outros profissionais também foram contratados para cuidar da parte administrativa, almoxarifado e manutenção das instalações laboratoriais.

Já em meados de 2012, os investimentos continuavam a todo vapor, e todos os profissionais se dedicavam para obter resultados concretos nos testes. Bryan Sinc, responsável geral do projeto, incumbiu o Dr. Fall de ser o coordenador da pesquisa, que contava com 120 voluntários. Alguns testes foram feitos com uma vacina, que não foi capaz de imunizar totalmente ou impedir a infecção e o desenvolvimento do vírus, o que era a expectativa.

Capítulo 19 – Promessa

Naqueles dias, Emma, mãe do jovem Franklin, não se sentia bem em Lilongwe e precisou ser encaminhada para o Nkhoma Hospital. O cônsul e a esposa, Beatrice, providenciaram todo o atendimento necessário para a recuperação dela. Franklin, ao saber da notícia, ficou preocupado, pois sabia que a mãe já estava em um período mais avançado da doença. Da mesma forma, ele ainda preocupava-se consigo mesmo e com a irmã Emily, que ainda estavam na fase assintomática da doença.

Vendo a piora do quadro de saúde de Emma, o cônsul se propôs a levá-la até Londres para também ser atendida pelo Dr. Edward Sinc, o mesmo profissional que cuidara do Sr. Gregório anos antes. Rapidamente, o hospital preparou o atendimento da Sra. Gregório, que havia passado muito mal no trajeto até a capital inglesa.

Após avaliar e medicar Emma, o Dr. Sinc comunicou ao cônsul e ao jovem Franklin que a paciente necessitaria ficar internada por alguns dias, podendo chegar a uma semana, dependendo da reação ao tratamento.

O médico então tratou Emma com consensos de terapia, as recomendações de tratamento que reúnem as técnicas de especialistas para tratamento de soropositivos. Eles a trataram de forma técnica, com o uso de medicamentos antirretrovirais. Naqueles dias, Franklin permaneceu com a mãe e não desviou a atenção para nada. Passou aquela semana sem frequentar a universidade e sem participar de testes importantes no Sanitatem – Centro de Pesquisas e Análises. Por alguns dias Erin esteve presente com ele, dando-lhe apoio e suporte.

Após oito dias, o doutor deu alta a Emma e chamou então o jovem Franklin e o cônsul para explicar-lhes alguns detalhes. Após todos se sentarem, ele disse:

— O sistema imunológico começou a ser fortemente atacado pelo vírus. Os primeiros sinais da doença começaram a aparecer de forma mais intensa. Estamos estimulando o organismo para que ele possa produzir anticorpos anti-HIV.

— Eu entendo, doutor. O que mais o senhor pode nos dizer sobre o caso? — disse Franklin.

— Com o frequente ataque, as células de defesa começam a funcionar com menos eficiência até serem destruídas. O organismo de sua mãe está ficando cada vez mais fraco e vulnerável a infecções comuns. A baixa imunidade permite o aparecimento de doenças oportunistas, que se aproveitam da fraqueza do organismo. Com isso, ela atingiu o estágio mais avançado da doença, a Aids — concluiu o doutor.

O cônsul então disse:

— O senhor disse o mesmo no caso do meu amigo Johnson. Então, não há o que fazer, doutor? Apenas seguir com o tratamento atual até que ele não seja mais suficiente?

Franklin interrompeu dizendo:

— Quanto tempo eu tenho, doutor?

O médico, sem entender a pergunta, revelou:

— Não entendi. Você quis dizer quanto tempo sua mãe tem?

— Sim, o tempo que ela tem é o tempo que eu tenho para desenvolver a cura. Não deixarei minha mãe morrer como meu pai. Seja franco conosco, doutor — respondeu o jovem.

— Entendo. Às vezes meu filho Bryan comenta comigo sobre as experiências desenvolvidas no laboratório. Mas, voltando ao assunto, creio que, seguindo o tratamento, a Sra. Gregório possa viver bem por cerca de cinco a sete anos. Conforme eu disse no caso do Sr. Gregório, não há como estabelecer um prazo exato, este é o prazo que estimo para o sistema imunológico não mais suportar as altas cargas do vírus e suas mutações.

Franklin, então, disse ao Dr. Sinc:

— Muito obrigado, doutor. Suas informações foram muito valiosas.

Após se despedirem do médico, os dois foram até o quarto buscar Emma e os pertences dela para que pudessem enfim ir para casa. Muito cansado, Franklin não dormia já há duas noites. O cônsul então solicitou que ele descansasse um pouco. Após algumas horas de sono na casa de Benjamin, Franklin se levantou e ligou para Erin.

Erin demonstrou muita insatisfação com ele devido à sua ausência nos últimos meses. Por causa das grandes responsabilidades que ele tinha, não estava dedicando tempo à namorada, que se via mais distante dele a cada dia.

Após alguns minutos de discussões ao telefone, Erin então disse:

— Franklin, você valoriza mais esse laboratório do que a mim. Você passa dias sem vir aqui em casa, sem dizer um oi.

Visivelmente chateado, o jovem então respondeu:

— É verdade, Erin, você tem razão. Não sei o que dizer, apenas sinto muito.

— Sentir muito não é o suficiente — disse a moça.

Pensando em formas de reverter a situação, Franklin disse:

— Erin, eu não contei isso a ninguém ainda, mas vou contar a você. Não quero falar isso para apagar os meus erros com você, mas preciso que você entenda que minhas pesquisas estão avançando. Acho que descobri o ponto fraco do vírus HIV.

— Como assim "ponto fraco"? — perguntou a garota.

Após alguns segundos de mistério ao telefone, Franklin falou:

— Nem o seu pai sabe, mas desenvolvi um processo em que penso ter encontrado o ponto fraco do vírus em uma parte da proteína que o recobre, e essa proteína é essencial para seu desenvolvimento nas células que ataca. Creio que o ponto fraco está escondido na proteína gp120, que envolve o vírus.

Numa rápida mudança de humor, Erin disse-lhe:

— Isso é fantástico, Franklin! Meus parabéns!

— Vamos com calma, é necessário fazer centenas de testes ainda — respondeu o jovem Franklin em tom bem--humorado.

Após conversar por mais alguns minutos, Franklin se despediu. Depois de alguns dias como hóspede na casa de Benjamin, Emma retornou para Lilongwe acompanhada do cônsul, que naquele período já preparava a aposentadoria e desejava retornar para Londres.

Em solo malauiano, o cônsul então conversou com Beatrice e Emma acerca da possibilidade de retornarem para Londres já no início de 2013. Em princípio, Emma permaneceu contrária à mudança para Londres, mas após Beatrice mostrar as vantagens e dizer-lhe que finalmente ela poderia estar com o filho novamente, Emma logo aceitou a ideia.

Beatrice ainda disse:

— Emma, seu filho está se tornando um biomédico pesquisador industrial, e isso é fantástico! Infelizmente, com todo o potencial que ele tem, sua carreira será na Europa, você precisará se acostumar lá.

Após ouvir as explicações de Beatrice, Emma disse:

— Você está certa, Beatrice. Talvez lá também haja boas oportunidades para Emily.

O cônsul então questionou:

— E você tem dúvidas disso? Fique tranquila, tudo dará certo.

Em setembro, Franklin completava dezesseis anos, com um conhecimento absurdamente alto sobre todos os aspectos. Naquele mês, Erin iniciava a jornada como biomédica também, pois se iniciavam as aulas do 1º período do curso de Biomedicina da Universidade do Rei de Londres. Franklin já cursava o 7º período e ganhava muita experiência trabalhando no laboratório com profissionais muito qualificados.

Naquele período foram divulgadas notícias na mídia acerca da recente descoberta do jovem Franklin e dos cientistas do Sanitatem – Centro de Pesquisas e Análises. Devido à grande dificuldade de se encontrar uma solução final para o HIV, o laboratório também desenvolvia outros tipos de medicamentos, para que pudesse se manter e gerar receita para a companhia.

A notícia sobre as recentes descobertas renderam ainda mais investimentos nas pesquisas, e grandes empresas decidiram apoiar a causa e doaram alguns milhões para o Instituto Johnson Gregório. As pesquisas de Franklin começaram a gerar grande interesse na Europa e nos Estados Unidos, e o jovem foi convidado para participar de uma conferência em Nova York.

Pela primeira vez em solo americano, o jovem foi um dos palestrantes em um grande evento. Naquela viagem, ele e o Dr. Fall puderam voltar com mais alguns patrocínios importantes para a consecução do projeto. Todas as doações recebidas pelo Instituto Johnson Gregório ficaram sob os cuidados do cônsul, que assinava como presidente da entidade até que Franklin se formasse e atingisse a maioridade.

Por causa da distância do cônsul e das atividades em Lilongwe, ele nomeou o Dr. Fall como responsável pela instituição, sendo uma espécie de administrador. Todos os recursos obtidos pela entidade foram investidos em aquisição de medicamentos, alimentos e roupas para milhares de malauianos.

Porém, aquilo ainda era muito pouco para Franklin, ele queria fazer a diferença em todo o continente, e não apenas no Malauí. No início de 2013, o jovem foi convidado a participar de algumas atividades em Lilongwe, no Baylor International Aids Initiative, onde pôde ver de perto a situação de centenas de crianças doentes.

Acompanhado pelo cônsul e pelo Dr. Fall, eles então deram total apoio à instituição e doaram cerca de três milhões de euros para o projeto. Com esse grande apoio, a instituição teve condições de prosseguir com os projetos ajudando a milhares de crianças doentes.

Já em meados de março de 2013, o cônsul enfim se aposentou e começou a preparar seu retorno para Londres. Muito animada, Beatrice organizava todas as coisas com o auxílio de Emma e agradecia a Deus tantos momentos especiais vividos em Lilongwe. Após quase quinze anos morando no Malauí, o cônsul enfim retornava para a terra natal.

Enquanto isso, em Londres, Franklin se tornava conhecido em todo o mundo e era convidado com o Dr. Fall para participar de vários eventos. Ao participar de um grande evento em Amsterdã, o jovem foi recepcionado pelo Dr. Frank Tomaz, organizador do evento.

Em conversa com o Dr. Frank Tomaz, o jovem Franklin destacou como estava sendo importante trabalhar com ele e a grande experiência que vinha adquirindo. Após alguns minutos de conversa, o Dr. Frank Tomaz disse:

— Franklin, estou nesse ramo há mais de vinte anos, como você sabe, e vi muitos pesquisadores que se diziam estar perto da cura acabarem se frustrando. Tenho visto o trabalho que você tem desenvolvido e lhe digo que estou muito animado com os resultados.

— Essa epidemia sempre trouxe novas surpresas, não é, doutor? — disse o rapaz, em tom humorado.

— É verdade. Já participei de testes de vacinas extremamente promissoras, aumentamos os investimentos de forma exponencial, fizemos campanhas de prevenção e, mesmo com tudo isso, vimos esta doença se fortalecer, infectar mais pessoas e se espalhar pelo planeta — explicou o doutor.

Franklin, atento às palavras do doutor, completou:

— Até hoje, todas as epidemias vencidas pela medicina foram derrotadas com a mesma arma: vacinas. O problema é que tudo o que se tentou contra o HIV por meio de vacinas falhou. Por isso tenho minhas dúvidas ainda quanto ao processo de vacinas terapêuticas.

Dr. Frank Tomaz então disse:

— Talvez consigamos finalmente encontrar a cura dentro de cinco a dez anos.

— Espero que não, doutor. Em cinco a dez anos espero que já não existam mais infectados no mundo — disse o jovem.

— É um pensamento audacioso. Espero que possa se realizar — finalizou o doutor.

Capítulo 20 – Reviravolta

Após aqueles instantes de bate-papo, o jovem se concentrou nas palestras do evento e pôde ver a luta de vários estudiosos para sanar vários problemas relacionados à saúde mundial. Membros da Organização Mundial de Saúde sempre estavam presentes, apoiando todas as causas relacionadas às novas descobertas que pudessem assim servir a toda a população mundial.

Ao retornar para Londres, Franklin teve a grata surpresa de ver que a mudança do tio Franklin já estava concluída. Ao rever a família, o jovem ficou muito feliz e aproveitou para curtir a irmã. Emily já estava quase completando oito anos e demonstrava ter puxado a inteligência do irmão. Emily, no entanto, se interessava mais pelos animais e queria ser veterinária.

O cônsul adquiriu um apartamento próximo à Universidade do Rei de Londres, para que assim o jovem Franklin pudesse morar com eles. Já partindo para o último semestre como estudante de biomedicina, Franklin sonhava com a formatura e esperava alcançar um grande feito até lá.

Naquele ano ele se dedicou muito aos estudos e virava noites lendo e relendo teses e pesquisas importantes para seu crescimento profissional. Estudava matérias como imagenologia, análise bromatológica, saúde pública, toxicologia, entre outras, que faziam dele um profissional muito capacitado para enfrentar os desafios da profissão.

Para o trabalho de conclusão de curso, o jovem Franklin propôs utilizar as pesquisas no Sanitatem como projeto. O nível das pesquisas era muito avançado e, com o apoio de grandes profissionais, muitos medicamentos da Farmacêutica Grew foram potencializados.

Pronto para lançar a mais recente descoberta para o combate ao vírus HIV, o jovem Franklin pensava agora ter alcançado enfim seu objetivo. Ele desenvolvera uma vacina capaz de controlar a multiplicação dos vírus no organismo, atuando diretamente na estrutura da célula hospedeira, assim como o próprio vírus. Ele pensava que aquela briga direta dentro da célula hospedeira pudesse fazer com que o vírus não se multiplicasse, deixando o infectado no estado assintomático para sempre.

Em agosto de 2013, então, Franklin mostrou os resultados ao Dr. Fall, coordenador do projeto. O Dr. Fall ficou encantado com a possibilidade de tal controle do vírus e propôs a participação de voluntários. Após todo o processo, iniciaram-se, enfim, os testes. Para aquele projeto contaram com cerca de oitenta voluntários, entre eles pessoas que já estavam muito afetadas pelos fortes ataques do vírus.

Todos os funcionários ficaram atentos aos resultados dos testes, imaginando se enfim chegariam a um resultado concreto. No próprio laboratório, Franklin explicava aos colegas o efeito da vacina no paciente e o resultado que ele esperava obter. Para chegar àquela vacina, Franklin pesquisou todos os tipos de medicamentos antirretrovirais existentes, para conhecer a capacidade de cada um e absorver, assim, a melhor fórmula. Muitas combinações do vírus e as mutações dele foram testadas.

Na universidade, Franklin defendia o trabalho de conclusão de curso e via, enfim, chegar o momento da formatura. Na apresentação ele explicava o modo como os vírus agiam e se multiplicavam. Muitas pessoas fizeram questão de acompanhar a apresentação, enquanto ele dizia:

— Na entrada do vírus na célula, ocorre a absorção e fixação do vírus na superfície celular e, logo depois, a penetração através da membrana celular. É um pouco complexo mas devagar chegamos lá — brincou o jovem. — Depois da penetração, o vírus permanece adormecido e não mostra sinais de sua presença. Essa fase é a mais perigosa, pois o infectado não identifica o vírus ainda pelos leves sintomas. Neste momento ele inicia então sua multiplicação, com muita rapidez. Após este período, enfim, já em grande quantidade no organismo, as novas partículas de vírus saem para infectar células sadias.

Enquanto as pessoas permaneciam atentas, Franklin continuava abordando o tema "vírus", direcionando a apresentação para o vírus HIV, um dos mais temidos em todo o mundo. Não podendo revelar todos os resultados de suas pesquisas no Sanitatem, Franklin apresentou algumas possibilidades que levariam enfim a uma cura. Após a apresentação, ele foi aplaudido pelos colegas e professores e saiu muito satisfeito.

Tudo ia bem e os testes eram promissores no Sanitatem, Centro de Pesquisas e Análises. Em setembro de 2013, chegara enfim um momento tão aguardado por todos a formatura de Franklin na Universidade do Rei de Londres. Dias antes do baile de gala, ele decidiu convidar Erin para irem até uma bela apresentação no Royal Albert Hall.

Na noite do aniversário dele, em 10 de setembro de 2013, Franklin e Erin passavam uma bela noite juntos assistindo a um espetáculo musical. Aos dezessete anos de idade e já reconhecido no ramo da biomedicina, o jovem tentava retomar seu relacionamento com Erin, após muito tempo de dedicação ao laboratório. Todavia, naquela noite, algo estava por vir. Na metade do espetáculo, o telefone de Franklin tocou: era o Dr. Bryan Sinc.

— Franklin, lamento, mas não trago boas notícias — disse o doutor.

— O que houve, Dr. Sinc? — perguntou Franklin.

O doutor então passara alguns minutos explicando como alguns voluntários estavam tendo reações à aplicação das vacinas de teste e que infelizmente dois já haviam falecido. O Dr. Sinc, então, mencionou que perceberam que os voluntários que estavam no período assintomático da doença continuaram sem sentir nenhum efeito, todavia os que estavam com o vírus ativo estavam morrendo.

Franklin, então, disse:

— Mas, Dr. Bryan, não entendo como isso está ocorrendo.

— Os testes já foram suspensos, Franklin. Infelizmente não obtivemos os resultados que esperávamos, isso acontece nessa fase de testes. Sinto muito por você, sei que estava confiante nos resultados — revelou o doutor.

Ao desligar o telefone, Franklin desabou. Aquela notícia recaiu sobre ele com grande impacto e o deixou muito mal. Aquele que poderia ser o triunfo transformou-se em um grande fracasso, e ele então perdeu a fé em si mesmo. Ao levar Erin de volta para casa, ele sentou-se e conversou com o Dr. Fall sobre o ocorrido.

O Dr. Fall então disse:

— O Dr. Sinc me ligou antes de telefonar para você e me deu detalhes de tudo. Algo não saiu como planejado nos testes, a vacina não controlou o vírus da maneira como pensamos e os vírus continuaram a se multiplicar, e de maneira mais forte.

— Eu sou um fracasso, doutor — afirmou Franklin.

— A culpa não é sua, Franklin, o fracasso é de toda a equipe envolvida no processo — disse o Dr. Fall.

— Como poderei viver com esse peso? Duas pessoas já morreram por causa dos testes — explicou o jovem.

O doutor, então, tentou confortá-lo dizendo:

— Franklin, as pessoas morreram porque estavam infectadas, elas decidiram se voluntariar para ajudar nas pesquisas e infelizmente faleceram. É algo muito lamentável, mas que pode ocorrer, por isso denominam-se "testes".

Nesse momento, Erin retornou da cozinha com um copo de água para que Franklin pudesse se acalmar. Minutos depois, Franklin pediu:

— Preciso ir embora, quero repensar em tudo que houve.

O Dr. Fall então disse:

— Vou levá-lo para casa. Vamos, Erin, venha conosco.

Todos saíram juntos em direção à residência do cônsul, que dormia tranquilamente com a esposa, Beatrice.

Após deixar Franklin na porta de casa, Erin e o pai se despediram e retornaram para casa. Franklin passou toda a noite em claro, analisando o que poderia ter dado errado no processo.

— Não entendo como não foi possível pelo menos conter o desenvolvimento do vírus — disse o rapaz.

Naquela noite, Franklin pensou que sua carreira havia acabado, pois muitos confiavam que obteriam resultados com aquela grande pesquisa realizada por ele. Ele não conseguiu dormir, já imaginando que também fracassaria ao tentar salvar a mãe.

No dia seguinte, logo pela manhã, o jovem então comentou com o tio Franklin o ocorrido e como estava desapontado consigo mesmo. Beatrice, Emma e o cônsul tentaram animá-lo para que não desistisse do sonho e não perdesse a fé em si mesmo.

Naquele dia, Franklin retornou ao Sanitatem, Centro de Pesquisas e Análises, para conversar com a equipe e ver então o que estava ocorrendo. Todos os testes foram suspensos e o projeto permaneceu parado por alguns dias.

Não conseguindo entender o motivo das reações provocadas pela vacina-teste, o jovem então ficou muito preocupado. Na noite anterior ao baile de formatura, Franklin teve um sonho.

No sonho, ele via o pai sentado junto a ele, nas margens do lago Niassa que ficava próximo à praia de Senga Bay.

"— Filho, por que está tão triste? — disse-lhe o Sr. Gregório.

— Eu fracassei, pai. Não vou conseguir encontrar a cura — complementou Franklin.

— Você se esqueceu do que conversamos aqui mesmo, neste local, anos atrás? Voltar um passo atrás não significa desistir — completou o Sr. Gregório.

— Eu sei, pai, mas não sei o que fazer — respondeu o jovem.

— Levante-se, não deixe milhões de pessoas esperando — disse o pai do garoto. — Estou orgulhoso de você.

— Obrigado, pai, o senhor não imagina como sinto a sua falta.

— Estarei sempre com você, meu filho — dizia o Sr. Gregório enquanto desaparecia no sonho.

Franklin então acordou às 4 horas assustado com o sonho que tivera. Naquele momento, ele se motivou e ligou o computador para fazer algumas pesquisas. Ele viu que, um dia após a formatura, haveria um importante evento na Índia, onde vários pesquisadores abordariam as recentes descobertas e falhas relacionadas às várias pesquisas lançadas pela indústria farmacêutica.

Uma dúvida pairava sobre ele: ir à Índia e perder a formatura, ou passar uma noite muito especial junto à família e à namorada no baile de gala com que ele tanto sonhara.

Franklin então decidiu ir à Índia. Telefonou para Erin para avisá-la de que não poderia ir à própria formatura. Erin ficou muito decepcionada com a decisão dele e disse-lhe:

— Franklin, não acredito que nem neste momento você ficará comigo. Mais uma vez você irá partir.

— Me desculpe, Erin, mas preciso ir — respondeu o jovem.

— E sua família? Você deixará todos aqui e irá para a Índia? Sua mãe sonhou tanto com este momento — disse Erin.

— Sinto muito, Erin, espero que um dia você me entenda — respondeu Franklin.

— Não espere por mim quando voltar. Seguirei a minha vida. Adeus — concluiu Erin, terminando o namoro.

Após dizer essas palavras, Erin desligou o telefone e Franklin ficou muito chateado com tudo que estava acontecendo. Todavia, ele sabia que não podia parar, e a jornada não seria fácil. Sacrifícios precisavam ser feitos. Franklin, então, providenciou a passagem aérea para Nova Délhi, e decidiu não contar à família, nem ao tio Franklin, sobre a partida, para que não tentassem fazê-lo mudar de ideia.

Pela manhã ele organizou as coisas e chegou ao Aeroporto de Heathrow às 11h30. O voo partiria às 11h50. Naquele momento, o celular de Franklin tocou. Na linha era o Dr. Fall.

— Onde você está, Franklin? Erin me disse que você pretende ir para a Índia, é verdade? — perguntou o doutor.

— Sim, Dr. Fall. Neste momento já estou no Aeroporto de Heathrow. Meu voo partirá dentro de vinte minutos — respondeu o jovem.

— Mas por que não disse nada? Pretende ir sozinho mesmo? — perguntou o doutor.

— Sim, doutor. Estou indo sozinho, pois quero me redescobrir nesta jornada — disse o jovem.

— Bom, o que posso fazer então é desejar-lhe boa sorte. Um grande abraço — disse o doutor.

— Muito obrigado, Dr. Fall. Nos vemos na volta — finalizou Franklin.

Após se despedirem, Franklin ligou para a mãe dizendo que estava partindo para a Índia dentro de alguns minutos. Pediu que todos o desculpassem por ele não estar presente na própria formatura.

— Mãe, quero que me perdoe, mas preciso ir — disse o rapaz.

— Eu entendo, meu filho, este é o seu sonho, vá buscá-lo. Peço que nos avise assim que chegar — pediu Emma.

— Está bem, mãe, sentirei saudades, mande abraços a todos — concluiu Franklin.

Após despedir-se da mãe, o jovem então continuou a jornada. O voo saiu exatamente às 11h50 e, nas longas horas de viagem, Franklin pensava em tudo o que estava acontecendo em sua vida. Ao lado dele, sem ele saber, estava um monge tibetano.

Ao ver o jovem inquieto durante o voo, o monge disse:
— Meu jovem, o que tem lhe preocupado?

Franklin, estranhando o sotaque do monge, respondeu:
— Estou vivenciando alguns problemas pessoais e profissionais. De onde o senhor é?

O monge então disse:
— Sou do Tibete, vim resolver alguns assuntos em Londres para o mestre. Você gostaria de conversar um pouco? Muito prazer, meu nome é Bidth.
— Mestre? Como assim? — perguntou Franklin com um ar de graça.

Bidth então lhe explicou que era um monge tibetano e que precisou fazer aquela viagem apenas para atender a um pedido do mestre.

— Eu não saía do mosteiro há cerca de cinco anos — revelou Bidth.

Franklin, achando interessante, resolveu perguntar:
— Como é ser um monge, Sr. Bidth?

Bidth passara então alguns instantes explicando ao rapaz como funcionava o mosteiro e como era a vida dele e dos demais monges no local. Franklin se interessou muito pelo assunto e, quanto mais Bidth falava, mais ele perguntava.

Bidth então disse:
— Agora é sua vez, me conte um pouco sobre você, vejo que é um jovem muito sábio.

Franklin então contou toda a sua trajetória ao monge, as conquistas, as perdas, os recentes acontecimentos que o abateram muito e como ele estava confuso naquele momento.

Após revelar a causa da viagem à Índia, o monge então disse:

— Você tem certeza deque está buscando as respostas nos lugares certos?

Franklin, não entendendo a pergunta do monge, questionou:

— Como assim, Sr. Bidth? Estou indo me encontrar com outros profissionais da área que talvez possam me ajudar a descobrir onde eu errei na fórmula da vacina.

O monge, dando um leve sorriso ao jovem, explicou:

— Nós monges conseguimos decifrar muito bem as pessoas quando as conhecemos. Estou acostumado a ensinar a meus alunos a arte do controle mental e posso ver que as respostas que você busca já estão dentro de você. Não é necessário pesquisar nem conversar com nenhum doutor para descobrir onde você errou.

Curioso com o que monge lhe dissera, Franklin olhou para ele e perguntou:

— Não compreendo, Sr. Bidth.

Enquanto os dois conversavam, o voo se aproximava de Nova Délhi e o relógio marcava 19h50.

O monge, então, decidiu fazer uma proposta ao jovem:

— Gostaria de passar alguns dias no mosteiro e participar de nossas atividades? Ao conversar com o Mestre Dechen, talvez você consiga clarear sua mente e redescobrir uma forma de chegar à cura que você tanto diz querer. Lembre-se, o segredo de tudo está na mente.

Após pensar por alguns instantes, Franklin decidiu aceitar a proposta. "Já longe de casa, sentindo-se um fracasso, o que mais poderia dar errado"? — pensou o garoto.

Às 23 horas, o avião pousou no Aeroporto Internacional de Nova Délhi. Franklin, então, auxiliou o monge Bidth com as bagagens. O monge disse que deveriam passar a noite ali e, pela manhã, partiriam para o Mosteiro de Taktsang, um dos mais famosos do Butão.

No dia seguinte, pela manhã, os dois então partiram e Franklin se esqueceu de avisar a mãe que chegara a Nova Délhi e mudara os planos após conhecer o monge Bidth.

Em Londres, todos ficaram preocupados com o jovem, pois ele não havia dado notícias e o celular encontrava-se desligado. Entretido com tantas novidades, o jovem então partiu com Bidth rumo ao mosteiro.

O monge Bidth disse-lhe:

— Este mosteiro foi construído em 1692 na boca da caverna Taktsang Senge Samdup. Você ficará impressionado com a altitude de 3.120 metros do ninho do tigre.

Na viagem, Franklin seguia ouvindo atentamente as palavras do monge Bidth, que, mesmo com um sotaque diferente, conseguia ser entendido pelo jovem. O monge então contou que o monastério possuía sete templos abertos ao público, tanto a fiéis como a turistas curiosos.

No fim do dia, eles chegaram ao Mosteiro de Taktsang. Franklin foi muito bem recebido pelos outros monges e, no momento em que adentrou no Mosteiro, se lembrou de que não fizera contato com a família em Londres. Ao testar o aparelho celular, não havia sinal, então ele pensou: "agora que estou aqui, preciso permanecer".

Em Londres, todos estavam preocupados e decidiram procurar o jovem na Convenção de Nova Délhi. O Dr. Fall telefonou para alguns pesquisadores que estariam presentes no local buscando notícias do jovem. Nenhuma informação foi conseguida. Enquanto isso, Franklin descansava após passar dois dias numa viagem muita cansativa.

No dia seguinte, pela manhã, o monge Bidth levou o jovem Franklin para conhecer as instalações do mosteiro. No caminho ele dizia:

— Este é o mosteiro mais famoso e belo do Butão, foi construído na encosta mais íngreme do penhasco de Taktsang, a uma altura de novecentos metros.

Impressionado com tudo o que estava conhecendo, Franklin então perguntou ao monge Bidth quando ele poderia conhecer o Mestre Dechen.

O monge então disse:

— À tarde eu o levarei para conversar com o Mestre Dechen. Esteja preparado, pois ele testará os limites de sua mente.

Enquanto os dois conversavam, o relógio já marcava 9h35 do dia 19 de setembro de 2013.

Em Londres ainda era madrugada quando o Sr. Rodhes decidiu contatar a polícia para auxiliar nas buscas ao jovem Franklin. Todos estavam preocupados, sem saber onde ele estava e o que havia ocorrido. A informação era de que o passageiro havia desembarcado em Nova Délhi normalmente, porém, do momento do desembarque em diante, não havia mais informações.

Capítulo 21 – Mundo novo

À tarde, conforme prometido, o monge Bidth levou o jovem Franklin para conhecer o Mestre Dechen. Muito simpático, o mestre também falava o idioma inglês, porém não fluentemente. Durante a conversa, o monge Bidth permaneceu com eles para auxiliar em possíveis necessidades de tradução.

A primeira coisa que o Mestre Dechen perguntou foi:
— O que você veio buscar, jovem?

Franklin então passara alguns minutos explicando ao mestre como conhecera o monge Bidth e o que ele buscava ali. Após ouvir bastante o jovem, que se emocionou em alguns momentos, o mestre decidiu fazer alguns exercícios mentais para ajudá-lo a se lembrar de todo o processo que ele havia desenvolvido.

Mostrando uma incrível serenidade, em meio a um silêncio absoluto, o mestre ensinava técnicas de concentração para Franklin, que, enquanto se concentrava, respirava levemente. Após algumas horas de atividades, Franklin começou a lembrar-se de todas as etapas da pesquisa, e em cada etapa o mestre orientava-o para que ele parasse naquele momento e observasse os detalhes.

Em Londres, a polícia continuava as investigações e Emma permanecia angustiada, sem saber como o filho estava. Erin se sentia muito culpada naquele dia, pois momentos antes da viagem de Franklin eles haviam brigado. Após várias horas de atividades, o mestre dispensou Franklin para que ele pudesse se alimentar e descansar, e assim continuariam no dia seguinte.

À noite, a mente de Franklin estava agitada, cheia de informações. Virando de um lado para outro na cama, ele então buscava entender o que faltava no projeto para que pudesse ser bem-sucedido.

No dia seguinte, às 5 horas, todos já estavam de pé, prontos para mais um dia. Apesar de estar muito cansado da viagem, Franklin não entendia como, mas estava se sentindo muito bem após aquela noite de sono.

Durante aquele dia, o Mestre Dechen continuou auxiliando Franklin a buscar respostas e, a cada etapa, a mente parecia clarear mais e mais. Ele estava impressionado com a forma como os monges tinham absoluto controle sobre o corpo e a mente.

Ao findar da tarde, Franklin teve um rápido *flash* do momento em que vira os resultados dos testes. Ele percebeu então que algo estava faltando na fórmula, a falha enfim havia sido encontrada. Sem acreditar que descobrira o motivo do fracasso, o jovem, com muita pressa, agradeceu ao Mestre Dechen e ao monge Bidth, enquanto já pegava as coisas para partir.

O monge Bidth então perguntou:

— Por que você não passa esta noite conosco e parte pela manhã?

Franklin, muito eufórico, disse:

— Sr. Bidth, não sei como lhe agradecer, mas infelizmente preciso ir. Acabo de descobrir algo que pode mudar o mundo.

O monge Bidth então o auxiliou e dispensou o rapaz após explicar por aonde ele deveria passar até chegar ao

Aeroporto de Paro. Chegando ao aeroporto, Franklin utilizou o cartão de crédito e a polícia de Londres rapidamente conseguiu detectar onde o cartão havia sido utilizado e informou aos parentes.

Todos, sem entender, apenas aguardavam mais notícias. Após fazer conexão em Nova Délhi, Franklin então partiu de volta para a casa, em Londres. A polícia continuava atenta e descobrira que havia sido adquirida uma passagem para Londres. Na madrugada do dia seguinte, o avião pousou no Aeroporto de Heathrow. Ao descer, o jovem se assustou ao ver toda a família reunida e a polícia aguardando-o.

Ele então disse:

— O que houve?

Emma, muito nervosa, questionou:

— Nós é que perguntamos, o que houve?

Franklin então abriu um leve sorriso e deixou todos perturbados. Ele então brincou dizendo:

— Eu consegui descobrir o meu erro, não sei como não vi antes. Vamos embora, tenho muitas novidades para contar a vocês.

Os policiais, vendo que estava tudo bem com o jovem, pediram ao Sr. Rodhes que assinasse o documento para que fossem encerradas as investigações. Todos então abraçaram Franklin, ainda sem entender o que havia acontecido. Naquele momento, Erin se aproximou dele e disse:

— Franklin, quero que me perdoe, eu me senti muito mal após você ter partido. Fiquei tão preocupada com você, por que não nos ligou?

Franklin disse:

— Vamos andando, conto tudo para vocês no caminho.

Enquanto saíam do Aeroporto de Heathrow, Franklin lhes contava todos os detalhes do que ocorrera nos dias anteriores, e como ele havia chegado ao Mosteiro de Taktsang. Após os momentos de tensão, todos puderam rir enquanto o jovem detalhava a jornada junto aos monges.

O Sr. Rodhes então brincou:

— Que aventura, rapaz. Na próxima, me avise! Já estou velho para fortes emoções.

Todos riram enquanto chegavam ao apartamento. Ao entrar no quarto, a primeira coisa que Franklin fez foi pegar as pesquisas e conferir alguns procedimentos. Ele então confirmou sua tese: faltava um detalhe para o processo funcionar.

Antes mesmo de comer algo, ele ligou para o Dr. Fall.

— Olá, doutor. Erin está aqui ao meu lado, estou em casa e tenho novidades — disse o rapaz.

— Por onde você andou, rapaz? Todos ficaram loucos atrás de você. Que novidade você tem? — disse o Dr. Fall.

Franklin então revelou:

— Doutor, enfim consegui descobrir onde falhamos na fórmula. Amanhã às 7 horas em ponto nos encontramos no Sanitatem, preciso mostrar tudo.

O doutor se despediu e disse:

— Amanhã de manhã eu passarei aí e partimos juntos para o laboratório.

— Combinado — concluiu Franklin.

Naquela noite, antes de dormirem, todos se reuniram na sala de jantar para conversar sobre todo o ocorrido. Estavam juntos o jovem Franklin, a mãe e a irmã, além do Sr. Rodhes e a esposa, Beatrice, e Erin, que passaria a noite com eles.

No dia seguinte pela manhã, o Dr. Fall passou para buscá-lo, conforme combinado. Todos ainda estavam dormindo. Chegando ao laboratório, ainda com pouca atividade devido à paralisação da principal pesquisa, os dois rapidamente se organizaram e começaram a conversar.

— Doutor, você se lembra da pesquisa que desenvolveu há alguns anos com os super-humanos? — perguntou Franklin.

— Claro, eu me lembro bem — respondeu o doutor.

— Pois bem, naquela época, após me mostrar as pesquisas, eu me interessei especificamente pela Sra. Hills. Você se lembra dela? — disse o garoto.

— Sim, ela foi a pessoa mais incrível que estudei — respondeu o doutor.

— Doutor, após me emprestar todas as suas pesquisas para que eu pudesse estudá-las, percebi que a Sra. Hills poderia nos ajudar. Sendo assim, eu analisei os testes que foram realizados com ela e vi como o sistema imunológico dela trabalhava no combate aos vírus e bactérias.

Atento às palavras do jovem, o doutor disse:

— Entendo. Continue.

— A capacidade de imunização dela é algo incrível, porém, mesmo com um sistema tão forte, ela não seria imune ao vírus HIV. Todavia, se a vacina que aplicamos nos voluntários tivesse sido aplicada nela, caso ela fosse infectada, a cura teria funcionado — disse Franklin.

Um pouco confuso, o doutor perguntou:

— Mas aonde você quer chegar?

Franklin então sorriu e disse:

— Doutor, além de vacinar os infectados, precisamos desenvolver um medicamento que torne o sistema imunológico das pessoas comuns tão forte quanto o da Sra. Hills. A vacina não é o problema, é que a força do vírus impede o aumento ideal da produção de células T. Precisamos deixar todos com anticorpos tão poderosos quanto os da Sra. Hills para depois aplicarmos a vacina, que seria o golpe final no vírus.

— Compreendo. Seria algo inédito, nunca imaginei desenvolver um medicamento baseado no mecanismo de defesa da Sra. Hills. Não sei quanto tempo gastaríamos para replicar os anticorpos dela de forma eficaz — disse o Dr. Fall.

— Temos todo o material necessário, doutor. Vamos conversar com o Dr. Sinc para reiniciarmos o projeto o quanto antes — disse Franklin.

Franklin, então, foi até o escritório central, onde o Dr. Sinc se reunia com os sócios da Farmacêutica Grew. Adentrou na sala após ser autorizado pela secretária e explicou a todos os motivos pelos quais o projeto deveria ser reiniciado. Após verem a argumentação de Franklin, decidiram colocar o projeto novamente em pauta.

Após seis meses de testes, já em março de 2014, Franklin conseguiu tornar possível o fortalecimento dos mecanismos de defesa de uma pessoa comum. Após mais quatro meses de testes, puderam verificar que os voluntários não apresentavam qualquer sinal de enfraquecimento, e o sistema pôde se defender de várias mutações de vírus comuns.

Muito animados, todos se empenharam ainda mais no projeto e viram que os esforços enfim poderiam ser revertidos em frutos. Empolgados com os resultados, os empresários da Farmacêutica Grew passaram a estar mais presentes no Laboratório Sanitatem, avaliando de perto cada avanço.

Em setembro de 2014, Franklin completava dezoito anos e enfim considerava encerrados os testes iniciais com o medicamento potencializador do sistema imune. O Dr. Fall, muito feliz com os resultados, via que a possibilidade de sucesso era grande.

Na semana que antecedia os testes secundários, Emma se sentiu mal e precisou ser internada no Hospital de Londres. Dividido entre a saúde da mãe e os testes finais do novo medicamento, Franklin passou por semanas turbulentas.

Naquele período, ele escolheu o nome do novo medicamento, que dentro de alguns anos poderia estar disponível para todas as pessoas do mundo. O nome do medicamento que ele enviou para aprovação era "Dechen", em homenagem ao Mestre do Mosteiro de Taktsang. "Dechen" significava "saúde" na língua tibetana, e, após pesquisar, Franklin considerou-o o nome perfeito para o novo medicamento.

Já com o remédio desenvolvido e a vacina ainda mais potencializada, agora sendo capaz de produzir enormes quantidades de células T, Franklin respirava fundo e esperava que os testes finais trouxessem verdadeiros resultados. Selecionaram 450 novos voluntários em trinta países diferentes para enfim colocar à prova toda a pesquisa.

No fim daquele ano, órgãos como a Organização Mundial da Saúde marcaram presença no Sanitatem, muito interessados nos resultados finais dos testes. Em dezembro se realizaria novamente, após quatro anos, o grande evento em Zurique denominado "À procura de novas vias".

Já bastante reconhecido no ramo da biomedicina, agora promovido como coordenador-chefe do Departamento de

Pesquisas Avançadas da Farmacêutica Grew, Franklin e toda a equipe trabalhavam arduamente. Sendo o palestrante mais aguardado da noite, Franklin despertava a curiosidade de grandes profissionais e indústrias farmacêuticas.

Naquela noite, ainda muito preocupado com o estado de saúde da mãe, Franklin dividia a atenção com todos que vinham cumprimentá-lo e por telefone aguardava notícias vindas de Londres. Ele sabia que precisava ter a vacina terapêutica e o remédio Dechen aprovados o quanto antes pelos órgãos, para enfim poder salvar a mãe.

No momento da apresentação, Franklin foi recebido por todos com muita euforia. Em duas horas de palestra, destacou os avanços que as pesquisas tiveram nos últimos anos e como os testes que estavam sendo feitos podiam representar enfim uma revolução na biomedicina mundial.

Milhares de pessoas olhavam atentas, na plateia estava o Dr. Fall, que há quatro anos estivera no lugar de Franklin. Muito orgulhoso pelo desenvolvimento do jovem, o Dr. Fall conversava com o amigo, Dr. Frank Tomaz, este que também contribuiu muito para o sucesso das pesquisas. Naquela ocasião também se encontrava o Dr. Bryan Sinc, responsável pelas pesquisas avançadas da Farmacêutica Grew, que via o enorme sucesso que vinha pela frente e preparava a patente do tratamento mais aguardado do mundo.

Após falar sobre todo o processo de pesquisa, o fracasso das primeiras tentativas e a contribuição de toda a equipe para se chegar àquele momento, Franklin ainda explicou a todos como fora possível desenvolver dois tipos de vacinas e um medicamento muito poderoso, capaz de fortalecer o organismo e tornar o sistema imunológico preparado para receber tanto a vacina terapêutica quanto a imunizadora.

Todos olhavam espantados para o telão enquanto Franklin lhes explicava de forma muito técnica como todas as pessoas do mundo agora teriam uma "super saúde" e não seriam mais afetadas por vírus comuns como hepatite, sarampo, caxumba, gripe, dengue, poliomielite, febre amarela, varíola, Aids e catapora.

As pesquisas estavam contribuindo para se chegar a um novo patamar de conhecimento do corpo humano, que, tendo o estímulo necessário, produziria células de defesa muito mais resistentes e com no mínimo cinco vezes mais eficiência no combate a micro-organismos invasores.

No fim da apresentação, Franklin disse:

— Quero agradecer a todos vocês e em especial a duas pessoas que fizeram toda a diferença em minha vida profissional para que eu pudesse estar aqui hoje. O primeiro deles é meu tio Franklin, que infelizmente não está presente nesta ocasião, mas sem ele com certeza eu não estaria aqui. O outro é o meu amigo e professor, Dr. Philip Fall, uma salva de palmas para ele.

Naquele evento, repleto de grandes biomédicos, médicos infectologistas, empresários e autoridades políticas, Franklin agora era visto como um dos maiores biomédicos e pesquisadores industriais do mundo, e muitas farmacêuticas preparavam propostas para levá-lo como responsável por novos projetos.

Já no fim do evento, Franklin se despedia de algumas pessoas muito influentes, quando o telefone tocou. Na linha, era Emily, sua irmã, que disse:

— Franklin, você já está vindo embora?

Franklin então respondeu:

— Daqui a pouco, meu bem, por quê?

— A mamãe não está bem, ela precisa de você. Vou passar o telefone para a tia Beatrice, converse com ela — disse Emily.

Muito preocupado, Franklin então conversou com Beatrice, que lhe passou todas as notícias de Londres e como ela e o marido estavam preocupados com o estado de saúde de Emma, que já não respondia mais à medicação do Dr. Sinc no Hospital de Londres.

O voo de volta para Londres partiria dentro de duas horas, Franklin então conversou com o Dr. Fall acerca do que estava havendo em Londres e disse que precisavam voltar com urgência para que ele pudesse cuidar da mãe. Após se despedirem dos outros participantes do evento, os dois então partiram rumo ao Aeroporto de Zurique.

Durante o voo, Franklin pensava muito no que faria para cuidar da mãe, visto que os medicamentos ainda estavam passando pelo processo de avaliação de vários órgãos competentes e só estariam disponíveis no mercado dentro de aproximadamente cinco anos.

O Dr. Fall aconselhou que ele conversasse com o Dr. Sinc para confirmar o estado de saúde de Emma, a fim de avaliar a possibilidade de reversão do quadro. Em sua mente, Franklin calculava que não haveria tempo hábil para que a mãe utilizasse os medicamentos desenvolvidos, e ele então se lembrou de quando prometeu à mãe que não a deixaria morrer pela doença como ocorreu com seu pai.

Em Londres, rapidamente Franklin se dirigiu ao Hospital de Londres e conversou com o Dr. Sinc acerca do estado de saúde da mãe. O doutor disse:

— Dr. Gregório, infelizmente o quadro da paciente é muito difícil, o organismo já não responde aos medicamentos nem ao antirretroviral mais potente do mercado, da própria Farmacêutica Grew. Ela adquiriu algumas infecções complexas e tem sentido muito mal-estar, além de dificuldades respiratórias.

— Posso vê-la, doutor? — disse Franklin.

— É claro — respondeu o Dr. Sinc.

Ao entrar no quarto onde a mãe estava internada, Franklin então a viu, tão debilitada e com uma expressão triste. Na mesma hora ele se lembrou do dia em que perdera o pai. Do lado de fora do quarto, estavam o Sr. Rodhes, a esposa, Beatrice, e a pequena Emily.

Emma olhou para o filho e concluiu:

— Como eu tenho orgulho de você, meu filho, deixe-me abraçá-lo.

Muito emocionado, Franklin não conseguiu conter as lágrimas. Ele então deu um leve beijo na mãe e disse:

— Mãe, não deixarei que nada aconteça à senhora. Não posso perdê-la também.

— Todos morreremos um dia, meu filho — respondeu Emma.

— Mas seu dia ainda não será hoje, mãe — afirmou Franklin.

Após conversar por mais alguns instantes com a mãe, o jovem então teve uma ideia. Ele saiu rapidamente do quarto e disse a todos que voltaria em alguns instantes.

Franklin foi até o Sanitatem, onde estavam sendo finalizadas as perícias para liberação do tratamento revolucionário. Sem que ninguém percebesse, Franklin pegou alguns comprimidos Dechen, além de três doses da vacina terapêutica, e levou consigo.

A caminho do hospital, ele sabia que, se soubessem que ele havia feito aquilo, a licença como doutor estaria cassada. Era um risco que ele precisava correr. "Minha mãe não será outra vítima" — pensava Franklin enquanto dirigia no caminho ao Hospital de Londres.

Chegando ao hospital, ele então se dirigiu ao quarto em que a mãe estava internada, já muito debilitada. Lá dentro estavam o Sr. Rodhes e Beatrice, já desenganados pelos médicos com relação à recuperação de Emma.

O Sr. Rodhes, ao ver Franklin pegando os medicamentos no bolso, perguntou:

— O que é isso, Franklin?

Franklin então olhou para ele e disse:

— Isso é o que salvará minha mãe, tio Franklin.

O Sr. Rodhes perguntou:

— Você não fez o que estou pensando, fez?

— Não irei assistir à morte da minha mãe sem fazer nada, tio. Eu confio na resposta destes medicamentos, 98% dos voluntários foram curados nos testes. É a nossa única chance — concluiu o rapaz.

Preocupada, Beatrice olhou se alguma enfermeira se aproximava. Não vendo ninguém, ela disse:

— Dê a ela os medicamentos então, Franklin, rápido.

Franklin levantou a cabeça da mãe e a apoiou no peito dele. Ele então deu a ela uma dose do medicamento Dechen para estimular o organismo a lutar contra as infecções. Após alguns minutos, Emma começou a suar muito, todos ficaram preocupados e Franklin então disse:

— Não se preocupem, o organismo dela está começando a lutar contra os vírus presentes, dentro de algumas horas ela começará a se sentir melhor.

— Espero que sim — disse Beatrice, muito preocupada.

Eles então deixaram Emma descansando por algumas horas e aguardaram por mudanças no quadro dela.

Durante toda a semana, Franklin medicou a mãe com o potente medicamento Dechen e, a cada dose tomada, Emma se fortalecia e o Dr. Sinc e a equipe não entendiam o que estava ocorrendo.

Após duas semanas de tratamento escondido, Emma já se sentia muito melhor e o Dr. Sinc resolveu chamar Franklin para conversar.

— Não estou entendendo o que está ocorrendo com a paciente, Dr. Gregório. Há duas semanas eu não previa que ela superasse os fortes ataques que seu organismo estava recebendo e já me preparava para dar a você a triste notícia, mas, ao invés de piorar, o quadro dela está melhorando. Não encontro mais sinais de infecções, apenas o vírus HIV continua instalado no organismo, mas já não atuando de forma tão pesada quanto antes — disse o doutor.

Franklin então olhou para o doutor e sorriu. O Dr. Sinc, sabendo do tratamento desenvolvido por Franklin, percebeu que o rapaz sabia de alguma coisa.

— Você tem algo a ver com isso, Dr. Gregório? — perguntou Dr. Sinc.

Após pensar no que responderia, Franklin decidiu ser sincero com o Dr. Sinc:

— Sim. Estou medicando minha mãe com o Dechen, que ainda será lançado dentro de cinco anos aproximadamente. Este poderoso medicamento desenvolvido por mim e minha equipe no Laboratório Sanitatem era a única salvação para minha mãe. Peço desculpas ao senhor, mas não pude ver minha mãe naquele estado sabendo que eu já tinha em mãos a cura. Eu fiz uma promessa a ela, doutor.

— Você sabe o quanto isso foi imprudente e errado? Estou dando alta para sua mãe nas próximas horas, esta conversa jamais existiu. Uma denúncia de que você teria utilizado os medicamentos fora dos testes e antes da aprovação dos órgãos responsáveis poderia arruinar sua carreira — disse o doutor.

Franklin então agradeceu:

— Doutor, eu agradeço muito por isso. Novamente peço desculpas, mas ver minha mãe passando pelas mesmas provações do meu pai foi demais para mim. Eu não poderia quebrar minha promessa de que a salvaria.

O Dr. Sinc sorriu e se despediu do jovem Franklin, que agora era conhecido como Dr. Gregório. Já se sentindo melhor, Emma então foi liberada pelo Dr. Sinc. Após alguns dias, Franklin iniciou na mãe o tratamento com a vacina terapêutica desenvolvida para soropositivos.

Chegando o Natal do ano de 2014, todos se reuniram para confraternizar e curtir aquele momento tão especial. O Sr. Rodhes, agora vivendo uma vida muito mais tranquila após se aposentar do cargo de cônsul, decidiu reunir toda a família para celebrarem aquela data marcante.

Naquela ocasião estavam presentes o Sr. Rodhes e a esposa, Beatrice, os filhos, Steven e Benjamin, além de Liz e Benjamin Jr., Franklin, a mãe e a irmã, Erin e os pais dela.

No fim da noite, Franklin se aproximou de Erin e a convidou para subirem até o terraço para apreciarem a vista da cidade e conversarem um pouco a sós.

Franklin então disse:

— Erin, eu quero lhe pedir desculpas por todos estes anos em que não pude estar presente em momentos tão importantes para você. Agora que tudo se ajeitou, creio que possamos retomar de onde paramos. Prometo que cuidarei de você para sempre, pois amo você e sempre amarei.

Erin, olhando bem nos olhos de Franklin, disse:

— Por mais que tenhamos ficado distantes, e muitas vezes brigado por este motivo, eu nunca deixei de amar você também. Você entrou na minha vida de uma forma tão diferente e, com o passar dos anos, pude perceber a pessoa maravilhosa que você se tornaria.

Os dois então se beijaram e se reconciliaram, e Franklin agora só pensava em fazê-la feliz. Nas semanas que se seguiram, Franklin prosseguiu com o tratamento da mãe utilizando as vacinas terapêuticas e em pouco tempo ele constatou que Emma estava completamente curada e saudável. Agora, com 42 anos, Emma poderia enfim viver uma vida livre da doença e acompanhar o crescimento da filha Emily.

Os anos passaram depressa, a vida de Franklin mudara completamente. Agora como responsável pelo Laboratório Sanitatem, ele acompanhava os processos para em breve lançar em nível global o tratamento aguardado por milhões de pessoas. Em meados de 2019, o medicamento Dechen estava nas prateleiras de várias farmácias de todo o mundo. Os governos agora faziam campanhas de vacinação para imunizar toda a população.

No primeiro dia de campanha de vacinação imunizadora e tratamento com vacinas terapêuticas para aqueles que eram soropositivos, Franklin foi homenageado e participou das vacinações que foram disponibilizadas em vários pontos da capital inglesa. Enquanto Franklin auxiliava os enfermeiros e médicos no atendimento à população, ele observou, na fila, alguém que jamais esperava ver.

Era Simon, amigo de Erin de muitos anos atrás, que havia se contaminado com o vírus HIV durante uma noite de aventuras em Manchester. Ao ver Franklin, Simon ficou em choque, lembrando-se da época em que ele fora tão arrogante e preconceituoso para com ele.

Franklin, sem dizer nada, apenas aplicou a vacina em Simon. Antes de sair do ambiente, Simon retornou até Franklin e disse:

— Doutor, sinto muito por tudo que lhe disse no passado. Espero que me perdoe.

— Não há o que perdoar, Simon — Franklin falou. — Éramos apenas garotos, já me esqueci de tudo. Espero que seja feliz.

Após aqueles dias, as campanhas em todo o mundo foram um sucesso. O Instituto Johnson Gregório passou a receber bilhões de euros advindos dos lucros da Farmacêutica Grew, que se tornou uma das empresas mais valiosas do mundo. Franklin então decidiu ir até Lilongwe participar da inauguração do Instituto Johnson Gregório, que teria sede na capital do Malauí.

Naquela época, Franklin foi homenageado pela Malauí Comissão Nacional de Aids, que recebeu uma grande doação do Instituto Johnson Gregório. No ano de 2019, Franklin fora agraciado com o Prêmio Nobel de Medicina, sendo reconhecido em todo o mundo como aquele que proporcionou um novo mundo a bilhões de pessoas.

Em todo o mundo, as capas dos jornais diziam: "Franklin Martin Gregório – O jovem que mudou o mundo".

Então, dez anos mais tarde...

— Alô, boa tarde. Dr. Gregório?

— Sim, pois não?

— Muito prazer, quem fala é o empresário Patrick James, da Farmacêutica Life, tenho uma proposta para o senhor.

— Obrigado, Sr. James, mas não me interesso por nenhuma proposta no momento. Ligue-me dentro de alguns anos.

— Pai, quem era?

— Apenas mais um empresário querendo que o papai volte para a Europa. Estamos muito bem em Lilongwe não estamos, Johnson?

— Sim, pai.

Naquela manhã de 18 de março de 2029, lá estavam pai e filho, passeando no povoado de Salima, a quinze quilômetros do lago Niassa, ou Malauí. O local ficava próximo da praia de Senga Bay, onde ele queria que o filho conhecesse a ilha Lizard, com o belo parque nacional onde morava ampla variedade de águias e enormes lagartos.

— Meu filho, se eu morrer hoje e você tiver aprendido três coisas básicas, morrerei feliz e com o dever cumprido.

— Que coisas são essas, pai? — perguntou o garoto.

— A primeira coisa meu filho: dinheiro não é tudo, família é tudo. Família sempre em primeiro lugar, meu filho. Cuide de sua mãe se um dia eu não estiver presente.

— Entendi, pai — respondeu o garoto.

— A segunda coisa, meu filho, é sempre fazer aos outros aquilo que você gostaria que fizessem a você. Jamais faça aos outros aquilo que você não gostaria que fizessem a você. Ame as pessoas, mesmo que elas não mereçam ou não amem você.

— É verdade, pai — disse o garoto.

— E a terceira coisa que quero que você guarde para sempre, meu filho, é: voltar um passo atrás não significa desistir. Em sua vida você poderá sofrer muitas dificuldades, não tenha medo de parar e mudar o rumo das coisas. Use toda a sua inteligência para sempre tomar as melhores decisões, mas saiba que um dia você irá errar e, quando isso ocorrer, não é para você se abater, e sim ser humilde e tentar novamente, jamais desistir.

— Nunca irei me esquecer disso, pai.

— Agora se levante, vamos embora que sua mãe deve estar preocupada. Além do mais, o papai está faminto.

Alguns anos depois, na Itália·

— Senhor, boa tarde. Estou procurando a Avenida Franklin Martin Gregório.

— Está logo à sua direita.

Ao mesmo tempo, no Brasil:

— Bom dia, amigo, estou procurando o Hospital Franklin Martin Gregório, sabe me informar?

— Claro, é o maior hospital da região, siga em frente e vire à esquerda, após o sinal.

Ter ruas e hospitais com o nome por todo o mundo não era o propósito do garoto que saiu de Lilongwe em busca da honra do pai, mas, após dar esperança a tantas pessoas no mundo, o reconhecimento veio.

O continente africano evoluiu de forma surpreendente. Já praticamente imunes a todas as doenças, os habitantes agora tinham melhores condições de vida e acesso aos estudos. O PIB daqueles países passou a crescer exponencialmente. Com milhares de escolas e hospitais espalhados por toda a África, o Instituto Johnson Gregório era uma das organizações mais importantes do mundo. Tudo o que as pessoas precisavam era de uma oportunidade.

Coragem, fé, amor, esperança, bravura, compaixão e honra. Valores que podem, sim, mudar o mundo.